소싯적 놀이가 아이디어 보석상자

가장 빠른 성공은 아이디어에서 찾자, 아이디어는 힘이다!

저자 박종환

| 목 차 |

| 서론 |

COVID-19로 사업은 파탄 나고, 먹고살기 힘든 시대 코로나로 인해 많은 사람들이 자살을 하기도 하고, 가정이 파괴되고, 기업이 무너지고, 다니던 직장을 잃는 상황을 맞이하게 된다. 이런 힘든 시기에 옛 생각이 더욱더 떠올라서 아이디어에 대한 이야기를 엮어 볼까 한다.

1999년 10월 1일, 필자의 일생에 있어서는 안 될 일이 발생했다. 연구실에서 실험하는 중에 폭발 사고를 만나게 되면서 필자의 인생은 꼬이기 시작했다. 당시 첫 아이가 6살 둘째가 4살이었다. 청천벽력과도 같은 시련이 필자의 인생을 송두리째 빼앗아 갔고, 앞길은 보이지 않았다.

폭발 사고로 두 눈을 다쳤고, 한쪽 눈은 파열되었으며 다른 한 눈에는 유리가 수없이 박혀 있었다. 병원 관계자는 50% 정도의 확률로 실명이 될 수도 있다고 진단했다. 이렇게 필자의 길은 암흑과 같은 나날이 지속되었다. 어느 날 정신을 차려 보니 폐인이 되어 있었다. 한쪽 눈을 잃어 더 이상 연구 활동은 할 수 없게 되었고, 회사를 나올 수밖에 없는 처지에 놓였다. 살아야겠는데 어떻게 할지 막막했다. 이때부터 필자의 머리 한편에는 아이디어를 생각하기 시작했다. 절박한 환경에서 돈도 없고, 주변에 도움을 줄 만한 사람도 없고, 뭘 할지도 모르는 처지에 있어 보니 좋은 아이디어를 떠올려야만 뭘 할 수 있을 것 같았다. 그 당시 치료가 어느 정도 끝나갈 무렵인 2002년도였을 것이다.

우연히 소래포구의 좌판대를 보며 지나다가 처음으로 아이디어라는 단어를 떠올리게 된 것이다. 좌판대에 놓인 물속의 백합조개가 필자의 눈에 너무 아름답게 비추었다. 1kg을 사 들고 집에 왔다. 이때부터 아이디어에 관한 생각을 하기 시작했다. 절박할 때 돌파구는 바로 아이디어였다. 돈은 없고 돈이 안 드는 사업을 생각하다 보니 버려지는 조개껍데기로 뭘 할 수 있을까를 생각했고, 백합조개에 대한 관찰부터 응용까지의 과정을 아이디어로 엮어 보기 시작했다. 백합조개 껍데기로부터 아이디어로 낸 것이 수경 조개 화분이었다. 이것이 훗날 방송을 탔던 첫 번째 아이디어였다.

사고를 당한 후 20년을 살아오면서 아이디어가 인생을 바꾸고, 희망을 갖게 하는 매개체가 된다는 것을 깨닫게 되었다. 아이디어는 필자의 어릴 적 놀이에서 지금 가지고 있는 사업체 제품의 아이디어 일등 공신이었다. 구슬치기, 자바라 호수로 총 대용으로 놀이했던 기억, 우산대로 총을 만들었던 시절, 작살을 만들던 어린 시절 등 과거의 경험 속에서 나타난 아이디어 도구들 그리고 일상 속에 우연히 나타나기도 하고, 필자가 관심 있는 분야를 깊이 탐구하거나 사물을 볼 때, 호기심이 발동할 때 우리는 생각을 하게 되고, 직관을 가지고 방법을 찾는 것이 일반적인 사람들이 겪는 일일 거로 생각한다.

"절박할 때 돌파구는 바로 아이디어에서 나오고, 아이디어에서 희망을 갖기 시작한다."

우리는 일상에서 수많은 것들을 보고, 듣고, 만지고, 접하는 일을 반복한다. 여기에 호기심과 관심 그리고 실험정신만 있다면 누구든지 좋은 아이디어를 일상에서 찾을 수 있을 것이다.

필자는 현재의 사업에서도 아이디어로 승부를 걸고 있고, 취미 삼아 꾸준히 개발하고 연구하여 남들이 어려워하는 분야를 개척하곤 한다. 사고당한 이후 줄곧 생활하면서 아이디어를 생각하게 되었고, '좋은 아이디어를 내는 방법은 무엇일까?' '문제 해결 방법은 무엇일까?'를 생각하게 되었고, 그래서 박사 과정까지도 공부하게 되었다. 그러면서 나름대로 기존의 이론을 정리도 하고, 경험을 통해서 얻은 나름의 이론도 생각해 보고, 깨달음을 얻기도 하였다. 아이러니하게도 필자의 아이디어는 소싯적 놀이에서 실마리가 되었고, 필자의 중요한 기술 분야가 되었다. 현재 어릴 적 놀았던 **자바라 호스, 유리구슬**은 필자의 아이디어의 핵심으로 자리 잡았고, 국제 특허까지 내게 되었다.

이러한 아이디어는 일상생활 속에서 자연스럽게 이루어졌다. 날마다 사물을 보고 나름대로 생각을 하고, 문제가 발생했을 때 어떻게 풀어 가야 할지를 생각하다 보면 일상에서 새로운 가치를 깨닫기도 하고, 좋은 아이디어가 자연스럽게 떠오른다. 그것을 핸드폰 Note 기능에 저장하곤 했다.

일상에서 찾는 아이디어는 필자 인생의 희망이고 미래다. 최근 지자체에서 활동하면서 느끼는 것이 있다. 바로 아이디어를 내는 일들이다. 마을 사업, 주민자치사업, 일자리 창출사업, 지속가능 생산소비 관련 사업, 교육문화 관련 사업, 사회적 기업에 관한 사업 등 매우 많은 환경을 접한다. 이러한 환경을 접하며 평소 생각한 아이디어는 엄청난 시너지를 발산한다. 우연한 기회에 사업으로 연결되기도 한다. 돈이 되는 아이디어는 일상에서 꾸준히 아이디어를 발견하고 모으다 보면 기회를 가지게 되고, 그 기회와 자연스럽게 사업과 연결이 되기도 한다.

이 책에서는 소싯적 놀이가 되었던 장난감이 필자가 운영하는 사업의 핵심 기술로 발전되었다는 점과 돈이 되게 하는 아이디어를 일상에서 찾는 방법, 이론으로 구축된 방법들 그리고 창의적 문제 해결 방법, 필자의 경험을 통해서 얻은 에피소드와 규칙, 아이디어 발견 방법 등을 소개해 보고자 한다.

1장

소싯적
즐겼던
놀이

1-1. 자연의 친구이자
놀이에 사용된 도구

　소나무 가지 중에 총을 만들 만한 재목을 찾는 일이다. 먼저 소나무의 가지 형태를 탐색한다. 권총 모양의 가지를 찾아 산으로 가서는 'ㄱ' 자 가지를 꺾어 적당히 자르고 칼로 다듬는다. 총열 형태와 총 손잡이를 칼과 낫으로 잘 다듬어 권총 모양을 만든다. 거기에 우산에 있는 쇠 부분을 잘라서 총열을 만들었다.

　총의 공이 부분을 만들기 위해 바다로 들어간다. 당시 필자가 자란 동네는 비행기 사격장이 있었고, M60 사격이 많이 이루어진 바닷가였다. 바다로 약 4km쯤 걸어 들어가면, 망둥이, 소라, 바지락, 조개 등을 잡을 수 있고, M60 탄피를 주워 올 수 있었다. 바닷가에서 M60 탄피를 주워서 공이 부분에 작은 불을 지피어 탄피를 불 위에 놓고, 저만치 숨어서 공이 부분이 터지기를 기다렸다가 공이[1]가 불에 폭발하고 공이 부분이 빠져나가면 구멍이 생성된다. 이 탄피를 활용하여 우산대와 연결하고 'ㄱ' 자로 만든 나무 위에 고정시키고, 격발 장치는 기어식 홈을 만들어 고무줄의 힘에 의해 공이를 치도록 공이 부

---

1) 탄환의 뇌관을 거쳐 폭발하게 하는 송곳 모양의 총포의 한 부분

분은 못을 박고, 공이를 치는 장치는 못 머리를 잘라서 만들어, 격발 장치에 의해 손으로 살짝 밀면 고무줄에 의해 격발이 되면서 공이를 치게 된다. 이런 원리로 소싯적 총을 만들어 총을 실제로 만들어 보았다.

실제로 못을 잘게 잘라서 탄피 쪽에 화약을 넣고, 공이 부분에도 화약을 넣은 후 마지막에 못을 잘게 자른 것을 산탄용으로 사용하여 우산대 속에 넣으면 격발 장치에 의해 화약을 발화시켜 내부의 화약이 폭발하면서 산탄들이 발사된다. 이러한 것들을 소싯적 그러니까 초등학교, 중학교 시절에 직접 총을 만들어 새를 잡으러 산으로 다니곤 했다.

또한, 자바라 물 호스, 전선 호스를 적당한 크기로 잘라 마른 나뭇가지를 넣고, 손으로 탁 치면 나무가 날아서 과녁을 맞히는 총 놀이도 하곤 했다. 자바라 호스는 민자 호스에 비해 닿는 면적이 작아 마찰이 작다.

곧은 나뭇가지를 자바라 호스 구멍에 넣고, 손으로 치면 미끄러지면서 잘 날아간다. 특히 깡마른 나뭇가지를 고른 다음 적당히 잘라 총알로 사용하고, 손으로 나뭇가지를 탁 치는 순간 나뭇가지가 멀리 날아가 과녁을 맞히곤 했다. 이러한 원리들을 활용하여 소싯적 총 놀이를 하면서 그냥 누가 가르쳐 주지 않아도 놀이에 이용하곤 했다.

어른이 되고 아이디어를 낼 때 이런 소싯적 경험들이 무의식적으로 동원이 된 거 같다. 뒷장에 소개하겠지만 소싯적 이런 놀이가 사업의 핵심이 되리라고는 꿈도 못 꾸었을 것이다.

1-2. 구슬치기

외딴집이다 보니 20분 산길을 걸으면 동네가 나온다. 동네로 나가서 선후배들이 옹기종기 모여 땅에 구멍을 파고 일정 거리에 금을 그어, 금에서 구멍에 있는 유리구슬을 왕 구슬을 던져서 맞추어 구멍에서 나온 구슬을 갖는 게임이다.

먼저 구슬 수를 정해서 구멍에 넣고 난 후 가위, 바위, 보로 누가 먼저 할지를 순번을 정하고 구슬치기로 구슬을 따먹는 것이다. 특히 겨울 햇살이 잘 드는 양지에서 시키면 때가 묻은 손으로 구슬치기를 하곤 했다.

구슬이 무거우면 쉽게 나오지 않는다. 쇠구슬은 유리구슬로 쳐도 구멍에서 쉽게 나오지 않는다. 쇠구슬 더 큰 것으로 맞추어야 튕겨 나온다. 이런 구슬들을 가지고 초등학교 시절(당시에는 국민학교라 불렀다), 구슬치기로 구슬을 따면 팔기도 하고 꾸어 주기도 했다.

소싯적 자연스럽게 유리구슬, 쇠구슬, 알록달록한 구슬을 가지고 놀이도 하고, 판매하는 것도 자연스럽게 터득했던 기억이 난다. 이런 놀이 도구가 필자의 아이디어가 될 줄은 꿈에도 상상도 못 했을 것이다.

1-3. 외딴집에서의 혼자 놀기

외딴집에서 학교를 갔다 오면 맨 먼저 하는 일이 있다. 바로 풀 망태를 짊어지고 들로 나간다. 논두렁 하나를 정해서 풀을 베어 나간다. 논두렁 하나의 길이는 대략 50~100m이다. 논두렁 하나를 베고 나면 벤 풀을 날라 망태기에 담는다. 한가득 풀을 베어 망태기에 가득 채우고는 집으로 와야 한다. 거리는 대략 2.5~4km 정도. 망태기는 꽤 무겁다. 집으로 망태기를 지고 오는 길목에는 산도 넘어야 한다. 산 중턱에 망태기를 내려놓고, 흠뻑 흘린 땀을 소매로 쓰윽 닦고는 불어 오는 산바람에 더위를 식힌다. 쉬는 동안 망태기는 땅에 놓여 있다.

한번은 쉬고 난 후 망태기를 지려는 순간 망태기 위에 뱀이 둥지를 틀고 있는 것을 보고 기겁을 한 적도 있다. 대부분 물뱀이기에 독은 없었다. 당시에는 물뱀이 아주 많이 있고 흔히 볼 수 있는 뱀이다. 때로는 뱀을 잡아서 숯불에 구워 먹기도 했다. 뱀의 맛을 아는 사람은 몇 명이나 될까? 한번은 동네 형이 까치독사를 발견하고는 잡았다. 머리 쪽을 칼로 살짝 도려낸 후 껍질을 잡아당기면 창자와 함께 껍질이 완전히 벗겨져 하얀 살만 남는다. 그것을 토막 내어 숯불에 구워 내면 마치 오징어나 쥐포 구운 냄새가 난다. 맛도 쥐포 구운 맛이 난다. 이렇게 초등학교 시절 뱀 고기도 먹어 봤다.

어느 날은 학교에서 돌아오는 길에 산소 근처에서 살모사를 만난다. 우리는 가까이 가서 돌을 주워 던지곤 했다. 뱀은 고개를 치켜들고 우리를 노려보다 이내 쫓아오면 줄행랑을 치는 일도 자주 있었다.

또 다른 놀이는 당시 대련이라 불렸다. 손은 쓰지 않고 발로만 상대를 제압

하는 것이다. 친한 친구와 대련을 하도록 그 친구의 사촌이 친구를 꼬드긴다. 대련 장소는 산에 있는 잔디가 비교적 잘 관리된 산소 앞마당이다.

하루는 그 친구 사촌이 친한 친구와 대련을 시켰다. 필자는 체구가 작고 그 친구는 체구가 꽤 크다. 산자락에 있는 산소의 앞마당에서 대련을 하였고, 그 친구의 발이 길었기에 필자에게는 불리했다. 마지 못해 필자와 대련했던 친구는 엄청 착한 모범생으로 싸움을 해 본 적이 없다. 필자의 공격을 막기만 했고, 결국 무승부를 만들었다. 지금도 그 친구는 착하기 이를 데 없는 순한 양이다.

어릴 적 산골은 가난한 동네이다 보니 개구리를 잡아서 닭에게 모이를 주곤 했다. 개구리 사냥을 위해서 작살을 만들어야 했다. 개구리를 잡을 도구를 만들기 위해 대나무를 꺾어 속을 파내고 홈을 파고 굵은 철사를 잘라 대나무에 끼워 아기 기저귀 고무줄의 탄성을 이용하여 작살 총을 만들어 개구리를 사냥하는 것이다. 이렇게 개구리 사냥을 들로 논으로 나가서 개구리를 작살 총으로 잡곤 했다.

여름과 가을은 산에 가면 작은 고추잠자리를 볼 수 있다. 그 작은 고추잠자리는 큰 말잠자리의 먹이로 아주 좋다. 근처 산에 가서 그 작은 고추잠자리를 잡아서 긴 풀대를 잘라 끝에 매듭을 짓고 반대편으로 작은 고추잠자리를 끼우고 큰 잠자리 또는 말잠자리를 유인하기 위해 날듯 뱅뱅 돌리면 큰 잠자리들이 잡아먹기 위해 달라붙는다. 그렇게 해서 손으로 큰 말잠자리를 잡고 놀던 소싯적 놀이가 생각난다.

외딴집에 살면서 자연과 친구가 되어 자연의 모습만을 보고 자연의 원리를 자연스럽게 익히고 학습하고 생각하는 시간들이 어릴 적 많은 사고의 틀을 키운 것 같다. 외딴집에는 친구가 없기에 유일한 친구는 자연이었다. 쇠똥굴리에 관한 놀이도 있다. 쇠똥구리는 소가 들판에 똥을 싸면 쇠똥구리가 몰려와 소의 똥을 동그랗게 말아 뒤로 똥을 뭉쳐서 뒷발로 똥 공을 굴린다. 앞발은 땅에 지지한 채 뒷발을 이용해 제법 큰 쇠 구슬만 한 크기의 소똥은 잘도 굴러가고 풀들이 있으면 몇 번의 시도 끝에 끝내 목표 지점으로 똥 공을 굴린다.

이런 자연의 신비를 자연스레 보고 자란 덕에 사고의 폭이 넓어지고, 생각을 하게 되고, 자연스레 관찰과 생각이 즉흥적으로 생겨나고, 다양한 생각을 가질 수 있게 된다. 커서 창의력이 월등히 남보다 뛰어나다는 것을 감지했다.

1-4. 소싯적 음악 놀이

참죽나무 또는 미루나무 가지를 꺾어 껍질의 양쪽에 살짝 칼집을 낸 후, 가느다란 쪽으로 껍질을 완전히 가지에서 분리하여 적당한 크기로 자른다. 낫을 사용하여 자른 부분의 한쪽 끝을 5mm 정도 살짝 앞뒷면을 벗겨 내면 나무 피리가 완성된다. 깎아 낸 쪽을 입에 물고 혀를 이용하여 저음과 고음을 내면서 신나게 리듬을 만든다. 혼자서 마당을 오가며 신나게 놀던 어릴 적 추억이 뇌리에 맴돈다.

또한, 소가 먹을 풀을 들에 가서 한 망태기 베어 오는 날에는 어김없이 풀의 잎사귀를 뜯어 입가에 물고 얇은 풀잎을 입술과 바람을 이용하여 음을 내며 풀피리를 불면서 들로 나가 놀이 삼아 풀피리를 불곤 했다.

처음 색소폰을 배울 때, 레슨을 받는 첫 입문에서 어릴 적 나뭇가지 피리를 불던 혀의 놀림이 색소폰 마우스피스를 물고 음을 내는 것과 별반 차이가 없었기에 음을 쉽게 낼 수 있었다. 색소폰 레슨 첫날, 선생님이 테너 마우스피스에 리드를 끼어서 불어 보라고 했다. 그때 쉽게 소리를 내니까 선생님 왈, 대단하다고 칭찬한 적이 있었다.

　소싯적 음악은 나름 피리를 만들고, 혀와 입술과 호흡을 통해 소리를 내던 경험이 어른이 되어 색소폰 소리를 내는 데에 부담감이 없었고, 문제가 되지 않았다. 어떤 이는 소리 내는 데 1달 이상 걸리기도 한다. 필자의 경우는 바로 입에 물자마자 자연스럽게 소리를 낼 수 있었다.
　이러한 어릴 적 놀이가 커서 무엇을 배우고 느끼고, 아이디어를 내는 데 크게 도움이 되는 거 같다. 이런 경험 덕분일까? 결국 색소폰 마우스피스까지 개발했으니 말이다.

1-5. 오징어 게임

　얼마 전 영화에도 소개된 오징어 게임은 두 편으로 나누어서 하는 게임이다. 이 게임은 전략도 필요하고, 힘의 분배를 잘 해야 이길 수 있는 게임이다.

　오징어 형태에 위에는 세모 밑에는 네모의 형태고 허리에는 징검다리(F)를 두어 그림 밖에서는 한 발로 움직여야 하고 허리를 통과하면 두 발을 땅에 짚을 수 있다. 네모 안에서 오징어 즉, 삼각형 꼭대기를 밟을 때 승리하는 것이다.

　상대편을 그림 안에서 방어를 해야 한다. 그림 안에서 상대방이 징검다리를 건너지 못하게 해야 하거나 그림 안으로 끌어들이면 퇴장이 된다. 네모 쪽에서 삼각형 머리를 향하는 상대편을 막아야 방어를 완성하고, 한편에서는 삼각형의 머리를 밝아야 승리하는 것이다.

그림으로 상세히 설명을 다시 해 보면

A 지역은 술래 즉, 방어 팀

B 지역은 공격 팀

C 지역은 승리 지점

D 지역은 공격자가 두 발을 땅에 닿을 수 있는 지역

F 지역은 공격자가 건너면 두 발을 땅에 닿을 수 있다.

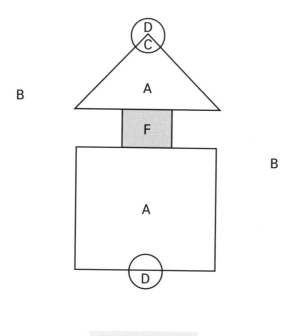

[1-1] 오징어 게임

두 편으로 나누어 진행하는 오징어 게임은 지략과 협동심이 함께 작동되어야 이길 수 있다. 팀워크가 중요하다. 팀워크가 좋은 팀이 승리하기에 협동심은 무엇보다도 중요하다. 이러한 놀이들이 어른이 되어서는 자연스러운 협동심과 소통의 근원이 된 것이 아닌가 생각된다.

2장

돈 되는
아이디어는
어떻게
찾을까

2-1. 하루 중에 아이디어 떠올리기

코로나 시대를 겪으며 많은 사람들은 생계와 직업 그리고 먹고사는 일에 힘겨워한다. 이러한 특수 환경에서 살아가야 하는 우리는 어떻게 이 상황을 희망으로 극복해 나갈 수 있을까? 필자는 창의적 아이디어를 활용하면 돈이 된다는 사실을 경험을 통해 이미 확인했다.

이런 상황에서는 인간만이 가질 수 있는 창의력을 활용한 아이디어를 적극적으로 활용할 필요가 있다. 급박한 환경에서 '짧은 시간에 아이디어를 만들어 내면 얼마나 좋을까?'라고 생각해 본 적이 있는가? 실험을 통해 밝혀진 사실인데, 창의적인 아이디어는 긴박한 상황에서 더 잘 발현된다고 한다. 단 1분만에 아이디어를 생각한 필자의 아이디어 발상 이야기를 소개하고자 한다.

얼마 전 킨텍스에서 전시회를 3일간 했다. 필자를 도와주고 협력하는 사장님이 아이템 좀 발굴해 달라고 부탁을 했다. 그분은 제품화할 아이템을 찾고 있었다.

전시회가 진행되는 동안 손님 중에 동결건조용 분쇄기를 찾고 있었다. '왜 분쇄기가 많은데 여기서 찾을까?' 하고 의아하게 생각했고, 필자는 뭔가 다른 점이 있다는 것을 알아차렸다. 예전에 동결건조기 분야의 전문가(교수) 그리고 동결건조기 제품을 생산하는 업체와 많은 이야기를 나누었던 것이 떠올랐다. 그 순간 '아하! 그래서 동결건조용 분쇄기를 찾았구나!' 하는 것을 깨달았다.

이렇듯 아이디어는 과거의 경험과 지식이 숙성 상태로 존재한다. 현재의 내가 직면한 아이디어를 연결하는 방법으로 새로운 아이디어를 떠올리는 것이다. TRIZ 방식이 바로 이런 원리와 같다. 과거의 특허 원리와 방법을 동원하여 이루고자 하는 아이템에 적용하고 응용하여 개선하면 새로운 발명 아이디어라는 것이 탄생하는 것이다.

그 사장님의 아이템으로 현재 연구 중에 있다. 기술과 노하우를 어느 정도 확보하였고, 이제는 Prototype을 만드는 일만 남았다.

아이디어는 일상에서 쉽게 관심이 있으면 찾을 수 있다. 필자는 이 아이디어를 찾는 데 손님과 만남 시간에 대화를 나누는 시간이 1분도 안 걸렸다. 이 아이디어는 최근 2021년 5월 29일에 알게 되었다. 사장님과 만나 대화하면서 급속도로 빠르게 독특한 기술을 적용하여 동결건조용 분쇄기를 만들기 위해 준비되었다. 이 또한, 대박이 될 수 있다. 동결건조를 하는 이유를 알기 때문에 좋은 아이템이 되고, 기술을 응용할 수 있고, 융합할 수 있는 것이다. 왜 필요하고 왜 만들어야 하는지 다양한 지식을 갖추었기에 아이디어가 떠오른 것이다. 아마도 정말 훌륭한 사업 아이템임은 분명하다.

이처럼 아이디어는 상호간 커뮤니케이션의 위력이다. 나와 소통했고 생각을 공유하니 좋은 아이템을 얻는 것이다.

다카하시 마코토, 창의성 분야 석학자로 다양한 실증 연구와 경험을 통해 연구를 발표했다. 그의 연구에 의하면 하나의 과제를 수행할 때, 300개의 아이디어를 내면 그중에 쓸모 있는 것은 단 1개 정도에 불과하다 하였다. 또한, 손정의 소프트뱅크 회장은 대학교 재학 시절 하루에 5분간 아이디어를 집중적으로 낸 결과 연간 250가지의 아이디어를 도출했다고 한다.

손 회장이 낸 아이디어 중 '음성전자 번역기'를 샤프전자가 1억 엔에 구매했다고 한다. 아이디어가 가져다준 거금 덕분에 손 회장은 대학 등록금 문제를 해결했고, 소프트뱅크 초기 사업의 기반으로까지 사용했다고 한다. 또한, 넷플릭스 창업은 형편없는 사업 1,000가지를 생각하다가 좋은 구상 하나를 얻은 사례로 꼽힌다.

다른 아이디어 예로는 '과수용 테이프'라는 것이 있다. 유기농 재배를 하는 농부가 일종의 '해충 잡이용 끈끈이 테이프'를 생각해 내서 특허까지 낸, 대박을 이룬 좋은 예이다. 또 안전하게 아이들과 물에서 놀고 싶은 엄마의 마음으로 생각해 낸 "돗자리 겸용 물놀이 튜브"도 특허까지 낸 케이스이다. 이처럼 생활 속에서 생각해 낸 아이디어들이 대박을 만들어 낸다는 것이다.

필자는 아이디어 또는 평소 관심 분야의 정보를 핸드폰 기능 중 Note에 기록을 한다. 수시로 궁금할 때 보기도 하고, 때로는 정보를 찾아 업그레이드시키기도 한다. 아이디어가 떠오른다면 즉시 그곳이 어디든 떠오르는 대로 적어 보자. 아무도 알아보지 못할지라도 낙서하듯 적어 보는 것이다.

아이디어가 떠오를 때 마인드맵을 이용하여 부가적으로 떠오르는 것들을 모두 적는 것도 중요한 기록이다. 또는 그림이나 도식을 만들어 머릿속의 아이디어를 구체화시켜 표현해 보고 이리저리 변형해 보는 것이다. 또한, 자신의 아이디어를 친구나 동료에게 이야기함으로써 그 사람들에게서 또 다른 방향성을 찾도록 연결해 보는 것도 중요한 요소다. 하루에 생각해 낼 수 있는 아이디어 떠올리는 방법을 생각해 보면 아래와 같은 환경이나 때일 수 있다.

1) 임박한 시간에 다다랐을 때

마감 시간 임박한 환경에서 즉, 급박한 상황에서 몰입을 통해 아이디어가 폭풍처럼 나타난다. 실제로 기한을 정해서 어떤 숙제를 내주고 평가한 실험에서 처음부터 골똘하게 생각하여 숙제를 해 온 사람과 마감 임박을 앞두고 몰입해서 숙제를 한 사람의 과제를 평가한 실험에서 마감 임박에서 몰입을 통해 과제를 해결한 사람이 더 창의적이었다는 평가를 받았다.

2) 혼자만의 공간에서 생각 즐기기

아무도 없는 공간 즉, 회의실이나 화장실에서 혼자 생각하거나, 창밖을 물끄러미 본다거나, 차를 혼자 마실 때 생각에 잠기면 아이디어가 불현듯 나타난다. 필자의 경우는 새벽잠에서 깨어 조용한 혼자만의 공간에서 많은 아이디어가 떠오르고 글도 잘 써진다.

3) 출퇴근 시간은 황금의 아이디어 시간

출퇴근 시 대중교통을 이용할 때, 자신도 모르게 생각을 정리하게 된다. 차를 타고 지나면서 멍 때리기 하듯 무엇인가 멍하게 바라보고 있을 때 아이디어가 나타난다.

4) 한 가지 목표에 집중하고 생각하고 또 생각해 보기

목표가 정해지면 생각하고 또 생각하고 또 생각하기를 계속해서 몰입하는 것이다. 그러다 잠시 생각을 멈추고 있으면서 다른 행동을 하는 사이에 어느 순간 아이디어가 떠오른다. 이 멈춤의 시간이 곧 숙성의 시간이다.

5) 하나의 단서에 이것저것 다 뒤져 보기

하나의 포인트에 창의적 도구(연상법, 더하고, 빼고, 붙이고, 떼고, 융합, 연결) 등을 총동원하여 아이디어를 생각해 낸다.

6) 잠자기 전 찾고 싶은 아이디어를 생각하고 상상하기

무의식의 단계를 이용하여 아이디어에 대한 선몽을 꾸기도 하고 나타나기도 하며, 연관된 힌트를 얻기도 한다. 잠자기 전에 아이디어에 대해 정리하는 시간을 갖는 것이다.

7) 둘레길과 같은 아주 힘들지 않은 코스 산책하기

걷는 것은 창의적 발상에 아주 좋다. 특히 어떤 방향으로 나가야 할지 고민되고 막힌 것 같은 답답함이 밀려올 때 더욱 그렇다. 걷기는 산소를 공급하여 뇌의 기능을 자극한다. 몇몇 연구에 따르면, 걷기는 창의성을 향상시켜 주는 호르몬의 생산을 활성화한다고 한다. 특히 걷는 동안에 창의력을 담당하는 뇌의 우반구에 더 많이 자극을 준다고 한다.

Illinois 대학의 연구원들은 학교에서 거대한 연구 프로젝트를 진행하였다. 그들은 운동 특히 걷기는 이해하는 능력, 창의성, 인지능력을 향상시킨다는 연구를 발표하기도 했다. 대부분 세계의 많은 학급에서는 운동이 없고, 자리를 바꾸고, 물건들을 선택할 수도 없는 환경에 있다. 심지어는 잠자는 침대도 허락을 받아야 하는 상황이다.

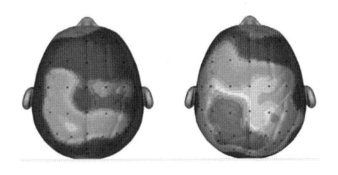

[2-1] 뇌 영상

좌: 20분간 가만히 앉은 후   우: 20분간 걷기 후

가장 성공한 사람들은 당신보다 아이큐가 높지 않다. 그들은 단지 정신적으로 더 맑을(명확) 뿐이다. 맑지 않은 상태를 없애고 집중력을 10배 향상하는 방법 7가지를 제시해 보려고 한다.

1) 물을 마셔라

만일 몸의 수분의 2% 잃게 되면 주의력(Attentiveness),단기 기억력(Short-term Memory), 명확한 생각을 하는 능력이 떨어진다. 하루에 6~9병 정도 물을 마실 때 가장 예리한 뇌의 상태를 유지할 수 있다.

2) 찬물로 샤워하라

찬물은 뇌가 아드레날린을 생성하도록 신호를 보낸다. 아드레날린(Adrenaline)은 의식과 에너지 레벨을 높여 준다. 힘들더라도 하루 2분 정도 두 번은 찬물로 샤워하는 습관을 들여야 한다.

3) 90/20 규칙

90분간 일하고 20분간 휴식을 반복하라. 이런 규칙은 당신의 몸에 자연 울트라디안 리듬을 준다. 90분은 포도당을 에너지로 바꾸는 시간이다. 20분은 저에너지 상태로 바꾸는 시간이다.

4) 아침을 거르지 마라

연구에 따르면 아침식사는 에너지, 기억력, 집중력을 향상시키고, 살인적인 하루를 위한 식사로는 계란, 베리류, 아보카도, 치아씨드, 요구르트를 먹고 자신의 몸 상태를 아침에 세팅하는 것이 좋다.

5) 천연 보충제를 먹어라

음식만으로 필요한 영양소를 보충하기에는 역부족이다. 천연 보충제로는 은행, 인삼, 생선 기름, L-Theamine(유리아미노산의 일종으로 홍차, 녹차에 많이 함유), 비타민 B6 등을 섭취하면 좋다.

6) 오일 디퓨저

일본에서 한 연구에 의하면 오일디퓨저 사용으로 타이핑 오류가 최대 54% 감소되었다고 한다. 대표적인 오일로는 레몬오일, 자스민 오일, 라벤더 오일이며, 이 오일은 스트레스를 감소시켜 주고 에너지를 증가시킨다. 생각할 필요가 없게 한다.

7) 충분히 잠을 자라

정신적으로 맑게 하기 위해서는 최소한 7~9시간의 잠을 자야 한다. 잠을 자기 위해서 해야 할 목록은 자기 전 긴장 풀기, 취침 전 TV 시청 금지, 취침 전 알콜·카페인 섭취 금지, 실내 온도를 19.5도로 유지, 침실은 잠을 위해서만 사용하라.

위의 7가지 방법은 정신을 맑게 하고 집중력을 10배 향상시킨다는 것을 명심하면 창의적 아이디어 또한, 쉽게 생각해 낼 수 있다. 아침 산책도 뇌를 활성화시킨다는 것. 아침 산책을 하나 더 추가하면 좋겠다.

김용운 교수의 통계에 의하면, 창의적 아이디어는 조용히 쉬고 있을 때, 산책을 할 때, 잠에서 깨어날 때, 목욕할 때, 기차를 타고 갈 때, 회장실에 있을 때, 순서로 나타난다고 한다.

필자의 경우는 잠에서 이른 새벽 깰 때 아이디어가 떠오른 적이 많다. 사람마다 시간과 장소가 다르다고 심리학자들은 말한다. 어떤 이는 차를 운전하다가, 운동을 하다가, 먼 산을 바라보다가 아이디어가 떠오른다고 한다. 이런 환경들은 바로 하루 속 일과에서 얻어지는 시간들이고 하루 중에는 마음의 여유가 있는 상태로 볼 수 있다. 긴장을 풀고 휴식의 시간을 갖는 것은 바로 숙성의 시간인 것이다.

미국 심리학자 제롬은 긴장이 완화된 상태에 창의적 사고와 문제 해결, 호기심, 의사 결정, 고도의 연상 능력과 관계가 있다고 한다. 즉, 그 상황이나 주제에서 동떨어져 벗어난 상태에서 결정적 아이디어가 나타난다는 것이다. 몰입 후의 일상으로 돌아오라는 것이다. 그러면 아이디어가 떠오른다는 것이다.

창의적 아이디어는 근육처럼 늘 사용하지 않으면 퇴화한다. 하루에 5분이라도 꾸준히 창의적인 아이디어를 생각하고, 잠들기 전에 생각을 담아 두고 잠을 자기도 하면서 무의식 속의 아이디어를 깨우자. 하루의 일상에서 지식과 아이디어로 새로운 미래를 나 스스로 업그레이드하고 만들어 나가야 한다.

2-2. 일상의 창의적 아이디어는 이노베이션(Innovation)

창의성을 가지고 아이디어를 생각하는 능력이 곧 혁신을 이끄는 길이다. 창의성과 아이디어는 뗄 수 없는 불가분의 관계로 창의력을 가지고 아이디어를 완성할 때 혁신적 결과물이 얻어지는 것이다. 여기서는 창의성 개념을 알아보고 창의적인 일을 하는 사람은 과연 어떤 환경에서 창의적 아이디어를 발견하는지 알아보자.

한국인지과학회 논문지 제13권 제4호에 의하면 창의성을 크게 세 가지로 나누었다.

첫째, 협의의 창의성

Guilford 1956년의 발산적(확산적) 사고다. 예컨대 벽돌과 같은 물건의 용도를 주어진 시간에 가능한 한 많이 나열해 보는 것이고 반응의 수가 많고, 다양하고, 독특한 것일수록 창의적이라고 본다.

둘째, 광의의 창의성

새롭고 유용한 어떤 것을 생산해 내는 행동 또는 정신 과정을 창의성이라고 부른다. 새로움과 유용성의 핵심 준거가 적용된다.

셋째, 과정으로서의 창의성

기존의 정보를 특정한 요구 조건에 맞거나 유용하도록 새롭게 변형하거나 조합하는 것을 말한다. 그러한 새로운 변형이나 조합은 유용해야 한다. "유추에 의한 사고"를 할 줄 아는 능력이 바로 창의적 기본 요소라 말할 수 있다.

문제 해결과 같은 유용성의 기준을 중시하는 광의의 창의성 개념이나 기존 정보들의 변형이나 조합을 기반으로 한 과정으로서의 창의성 개념은 모두 비판적 사고 개념 속에 포함되며, 적어도 과학의 맥락에서 비판적 사고 개념에 속하는 두 창의성은 창의성 개념의 요체다.

또한, 발산적 사고가 아닌 해결할 문제에 대한 해결 개연성이 높은 적절한 아이디어를 찾을 수 있는 능력이고, 통찰력이 곧 창의성이다. 이러한 능력은 바로 논리적, 비판적 사고 훈련으로부터 길러질 수 있다. 우리 시대에 정보와 지식을 논리적으로 비판적으로 구성하고 판단하는 능력은 합리적 문제 해결을 위한 필수 요소라고 할 수 있다.

창의적인 일을 하는 사람들은 적절한 자신만의 방법으로 떠오르는 영감을 잡는 방법을 각자 스스로 느껴 가며 그 순간의 영감을 잡는 것이다.

종교의 무용수에서 신성한 느낌을 받는 것을 알라 또는 god, 올레, Do Your Job 즉, 결국 일상인 것이라고 한다. 시인 스톤 여사의 창의적 발상은 밭일하다 말고 돌풍과 같은 것으로부터의 시를 잡았다는 이야기가 있다. 또한, 음악가 톰 웨이는 고속도로 운전 중에 영감을 받는 것에 대해 스스로 창의적인 방법을 관리 창조해 나가는 법을 터득하였다고 한다. 비틀즈의 〈Yesterday〉라는 노래는 꿈속에서 탄생한 노래라고 한다.

창의적인 일을 하는 것에 대한 두려움보다는 어떻게 더 창의적인 방법으로 극복해 나가야 하는지를 설명하는 것으로 두려움, 번민에 대한 일상의 모든 것에 대해서도 결국 창의적 방법으로 각자의 개성대로 해결해야 한다는 것이다. "Do your Job"이기 때문이다. 즉, 우리는 일상생활에서 아이디어에 대한 영감을 얻는다. 누구나 그 영감을 가질 수 있다. 일상에서 언제나 아이디어는 가능한 것이고 누구라도 하고자 하는 목표, 찾고자 하는 방법을 뇌에 새겨두고 일상에서 영감을 얻어 아이디어로 발전시킬 수 있다. 필자는 일상에서 생활 습관을 가지고 아이디어를 발견하라고 말하고 싶다.

"혁신가는 영감, 직관에 의하여 의사를 결정한다."

그 밖의 창의성에 관한 자료를 살펴보면, 박웅현 씨는 광고계의 대부로 알려졌다. 그는 창조성의 본질은 사람 공부 즉, 인문학이라고 하고, 사람에 대한 모든 것들을 인문학이라고 한다. 즉, 문학, 음악, 미술, 철학, 외국어, 패션 등을 통틀어 인문학으로 본다.

쾨슬러는 창조성을 서로 다른 지적 충돌에서 일어난다고 했다. 단지 창조 행위는 마음에서만 일어난다고 한다. 이 마음은 외부 네트워크와 연결된 정보와 직감으로 좋은 아이디어가 나온다고 한다. 던바는 "대부분의 중요한 아이디어는 10명 미만의 학자들이 모여 형식에 구애받지 않고 최근의 연구 결과에 대해 이야기를 나누는 데서 혁신의 시작이다."라고 그의 실험 결과를 이야기한다. 혁신의 산물은 현미경의 접시가 아니라 회의 탁자라는 것이다. 던바는 대화는 문제점에 대한 새로운 시각으로 보는 데 도움을 준다는 상호작용을 발견한 것이다. 이러한 대화는 집단적 상호작용을 하기 때문에 서로 다른 전문 분야들 사이에서의 획기적 결과를 낳을 수 있다. 이러한 과정들이 창조성을 높여 주고 있는 것이다. 개인의 생각은 마치 고체처럼 정지해 있지만 여러 사람과의 대화는 액체처럼 생각이 유동적인 연결을 하여 새로운 창조를 이끌어 낸다.

　《메모하는 습관의 힘》이란 책을 정리한 내용에 의하면, 박웅현 광고계의 거장은 "창의는 다르게 보는 것이다. 창의성은 발명이 아니라 발견이다."라며, 평범한 일상을 잘 들여다보는 것에서 창의적인 아이디어가 나온다고 했다. 아이디어는 보는 사람의 눈 속에 있다고 말한다. 특별한 경험이 창의적 아이디어를 만드는 것이 아니라 일상적인 경험이더라도 어떻게 보느냐가 중요하다는 것이다. 그냥 보고 듣기만 해서는 안 되고, 평범한 경험에서 아이디어를 발견하려면 관심을 갖고 지켜보며 경청해야 한다.

　최근 라디오에서 흘러나오는 이야기 중에 일상에서 아이디어를 낸 이탈리아 식품 기계 회사의 아이디어 이야기가 있다. 단순히 스파게티 만드는 기계의 타이머에 음악을 가미한 것이고, 음악이 끝나면 요리가 끝난 것이다.

"창의성은 그냥 사물을 연결시키는 것이다."

"기존의 것과는 철저히 다른 것을 중시한다. 또 기술보다 디자인의 독창성을 강조한다."

김정운 문화심리학자

"창조는 편집이다."

박문호 뇌과학자

"창의성이란 생물학적으로 기존 방법으로 해결되지 않는 상황에서 가지고 있던 기억을 새롭고 독특한 방법으로 조합하는 것이다."

앨빈 토플러

"청소년들이여, 밖으로 나가 새로운 아이디어를 많이 떠올려라."

이노 디자인 김영세

"이제 국내 기업들에게도 '창의경영'이 필요한 시점에 도달했다. 글로벌 경쟁 시대에 기업들이 살아남기 위해서는 디자인 중심의 '창의경영 기업'으로 변모해야 한다."

삼성 이건희

"창의력은 혁신의 씨앗이자 성장의 원동력이다. 창조적 인재를 더 많이 키워 미래를 대비하는 한편, 실패를 두려워하지 않는 풍토를 만들어 가야 한다."

이분들의 이야기에 공통점이 있다. 바로 창의력이다. 잭 월치 GE 전 회장은 "한국은 성장하는 데 성공했지만 독특함이 없었다."라며 창의성 부재를 꼬집는 충고를 했다. 창의적인 인재란 기존과 다른 창조적인 발상으로 아이디어를 내놓을 수 있는 사람이다. 즉, 당면한 문제를 해결해 낼 수 있는 그리고 이익이 어디에 있는지 제시할 수 있는 아이디어를 가진 사람 즉, 잔머리형 인재를 창의적이라 말한다.

창의적 아이디어는 일상에서 나타나고 일상에 늘 존재한다. 일상의 하루 중에 많은 것을 보고, 듣고, 느끼며 살고 있으며 하루의 일과에서 창의적 아이디어를 찾아보도록 하자.

2-3. 뉴런(Neuron)에서 얻은
　　3가지 가치

대학교 때 생화학 과목에서도 뉴런에 대해 배웠고, 박사 과정에서도 뉴런에 관한 공부를 한 적이 있다. 뉴런은 운동뉴런, 감각뉴런, 연합뉴런 이렇게 세 유형으로 나눌 수 있다. 이 뉴런들은 제각기 영역을 달리하여 작동한다. 뉴런에 관한 지식에 관심을 가지기 전에는 늘 Question(의문)을 품었던 사건이 생각난다. 그 사건은 색소폰 연습에서 비롯했다.

색소폰을 죽도록 연습해도 한 구절이 안 되었던 적이 있었다. 그러나 2주 간 잊고 지내며 다시 그 곡을 연주했을 때, 그 어렵던 구절이 연주가 잘 되는 것이다. 이것에 늘 의문점이었다. 이제는 뉴런을 이해함으로써 그 의문이 풀렸다는 점이다. 여기 뉴런을 이해한 필자만의 이론이랄까 경험을 이야기하고자 한다.

첫째, 운동뉴런이다.

색소폰을 배운 지 약 6개월이 지난 무렵이었다. 가요를 연주하고자 열심히 그 곡에 대해 집중적인 훈련을 1개월 이상 연습한 적이 있다. 그러나 필자의 의지와는 다르게 그 노래 중 일부 구간이 손가락이 자유롭게 연결이 안 되고 있었다. 매일 그 곡을 5~6번 반복해서 연습해도 운지는 해결되지 않았다. 그러다 이 주간 그 곡을 연습하지도 않고 무의식의 상태로 잊고 있었다. 어느 날 왠지 그 곡을 연주해 보고 싶었다. 그 곡을 반주기에서 틀고 악보를 보며 아무런 부담감 없이 연주해 보았다. 신기하게도 손가락이 어렵던 구간에서 부드럽게 이어지는 것이다. 생각하기에 너무나도 신기해서 오래도록 기억에 자리 잡고 있었다.

깨달음은 바로 뉴런의 행동인 것이다. 운동뉴런이 몰입을 거쳐 잠재의식의 기간을 가질 때 즉, 숙성 기간을 가진 후에 최상의 조합을 만들어 준다는 것을 알았다. 이런 이론은 아마 누구도 갖고 있지 않은 필자의 경험에서 얻어진 깨달음이었다. 바로 **몰입 과정-숙성 과정-습득 과정**을 이해하면서 뭔가를 습득한다면 큰 도움이 될 것이다.

"운동뉴런의 행동을 알면 습득 방법을 개선할 수 있다는 것이다."

에듀 넷의 내용에 의하면 여러 분야의 전문가들을 연구해 온 인지심리학자들은 서양장기 두기나 십자단어 맞추기 같은 특정 기술을 열심히 연습하는 사람은, 비록 다른 기술도 반드시 그렇게 되는 건 아니지만, 그 열심히 연습한 기술에 더더욱 숙달하게 된다는 것을 보여 주었다. 아마도 무언가에 대한 전문지식을 발달시키는 것은 뇌를 변화시켜 그 필요한 능력들을 향상하는 과정인 것 같다. 몇몇 사례를 통해 특정 종류의 전문지식과 관련된 뇌의 변화가 확인되었다. 신경가소성에 관한 이론에 의하면, 경험은 실질적으로 두뇌의 물리적 구조와 기능적 조직 모두를 변화시킬 수 있다.

몰입은 정말 열심히 연습과 노력하는 단계이다. 숙성 과정은 뉴런이 정보를 전달하도록 무의식의 단계로 가는 길이며 의식의 단계는 휴식에 해당한다. 이 단계에서 뉴런은 무의식 속에서 끊임없이 정보를 전달하고 최선의 결과를 만드는 과정이다. 이 과정이 지나는 길목에서 습득 과정이 시작된다. 숙성 기간은 사람마다 차이가 날 수 있다. 난이도에 따라 보통 일주일에서 길게는 한 달 이상일 수 있다. 무의식에서 최선의 방법을 찾아 준다는 것이다. 그래서 몰입 당시 안 되던 것이 휴식 기간 즉, 숙성 기간이 지나면 자연스럽게 되는 것을 경험할 수 있다.

둘째, 연합뉴런이다.

연합뉴런은 경험과 인지적 능력을 담당한다. 어떤 아이디어를 내고자 할 때 우리는 준비 단계로 아이디어에 관련한 정보와 지식을 습득하고 모은다. 이런 습득과 정보를 알려고 노력하는 몰입의 단계를 거친 후에 숙성 기간을 갖는다. 여가서 숙성 기간은 긴장을 완화하고 평상시에 편안한 마음을 가질 수 있는 상태이다. 산책을 한다거나 독서를 한다거나 멍 때리기를 한다거나 사람마다 다양한 숙성 기간이 있다. 이 숙성 기간이 지나면 어느 순간 쨍하고 아이디어가 떠오른다.

몰입 단계(정보 및 지식 습득 과정)-**숙성 단계**(긴장 상태를 완화하고 무의식 단계로 아이디어에 관한 무의식 단계이고 일상생활에 대한 의식 단계)-**아이디어 발현 단계**(무의식의 단계가 진행되면서 숙성 기간에 발현되는 단계)**이다.**

연합뉴런을 잘 이해하면 돈 되는 창의적 아이디어를 의외로 쉽게 얻을 수 있다. 이것은 필자의 경험을 바탕으로 이론을 유추해 본 것이다. 추가로 교육 방법을 만들 수 있다. 스킬을 필요로 하는 교육이라면 운동뉴런의 단계를 따라서 교육 방법을 모색할 수 있다. 뭔가 창의적 문제를 해결하는 교육이라면 연합뉴런과 감각뉴런을 이해하면 더욱 쉽게 창의적이고 효과적인 방법을 찾을 수 있을 것이다. 즉, **몰입-숙성-완결**의 단계에 맞는 방법을 이용하면 다양한 교육에 효과적으로 적용함으로써 완성도 높은 교육을 할 수 있다.

뉴런의 이해는 돈 되는 창의적 아이디어를 발현하는 데 커다란 도움을 줄 수 있고, 효과적인 방법일 것이다. 누구나 쉽게 일상에서 돈 되는 아이디어를 발견할 수 있다.

2-4. 아이디어(Idea)를 위한 환경

아이디어에 상호 연결성을 갖추기 위해서는 우리의 환경을 조성하는 것 또한 중요하다. 어떤 환경이 아이디어의 상호 연결에 도움이 되는지 알아보고, 어떻게 하면 좋은 아이디어를 만들기 위해 노력해야 하는지 알아보고자 한다.

우리의 환경은 단절된 환경이 많다. 우리가 살고 있는 아파트가 그렇다. 사무실은 어떤가? 칸막이로 막혀 있지는 않은가? 우리가 평소에 생활하는 공간은 서로 손을 뻗었을 때 연결되는 구조로 되어 있어야만 산재된 정보를 상호 연결할 수 있다. 1층과 2층 벽으로 둘러싸여 있다면 공간을 뚫어 연결함으로써 상호 연결성과 정보의 흐름을 통하게 해야 한다. 그러나 이 개방이 과도하면 무질서하게 변한다. 무질서 속에서는 아이디어가 나오지 않는다. 그 좋은 예가 고체, 액체, 기체 속에 있다.

고체는 너무 정형화되어 있어 흐름성이 없다. 아이디어는 흐름성을 유지해야만 자유로이 상호 소통하고 쉽게 연결될 수 있다. 즉, 연결 가능성을 열어 놓아야 한다. 그렇다면 기체는 어떠한가? 너무 자유분방하고 외부 환경 요인에 너무 쉽게 무너지고 산만해진다. 너무 자유로워 스스로 도망가거나 없어진다.

아이디어의 공간은 어느 정도 규칙과 유동성이 존재하고 상호 연결 가능성을 확보하면 된다. 액체는 어떠한가? 약간의 틈만 있어도 상호 연결이 가능하고 자유로이 이동할 수 있고 소통이 가능한 경로에 따라 행동한다. 아이디어가 나올 수 있는 환경이 바로 액체가 흐를 수 있는 정도의 공간을 필요로 한다. 고체처럼 너무 정형화되어 있지 않고 기체처럼 너무 자유분방하고 무질서하지도 않은 상태가 가장 좋은 아이디어 창조의 공간이 될 수 있다.

우리의 공간도 역시 어느 정도 상호 연결이 될 수 있는 공간으로 꾸며야 한다. 벽으로 막힌 곳이 아니라 서로 연결이 가능한 작은 가림막 정도의 소통이 가능한 공간을 만들면 된다. 그래야 상호 연결되고 상호 정보가 오고 가고 새로운 아이디어가 탄생하기 쉽다.

1976년 영국의 최초의 커피가게 커피하우스는 강력한 사회적 네트워크를 가지고 있다. 여기에서 서로 다른 전문지식을 가진 사람과의 사회적 네트워크가 자연스럽게 형성되고 관계를 가지면서 좋은 아이디어를 만들어 낸다. 이러한 공간이 아이디어를 위한 공간인 것이다.

루크는 광범위한 사회적 네트워크가 수직적이고 획일적인 네트워크에 비해서 3배 이상 창조적이라고 분석했다. 오래되고 친숙한 집단보다 새로운 집단과의 접촉이 더 다양한 창조적 혁신을 가져온다. 그러나 결합력 즉, 연결성은 강하지 못할 것이다. 약한 연결성은 오히려 더 좋은 아이디어를 만들어 내는 데 장점을 갖는다. 왜냐하면, **약한 연결로 다양한 관점**을 가지게 되고 새로운 다양한 창조성을 만들어 낼 수 있기 때문이다.

오글은 "아이디어 공간에서 나온 중요한 아이디어는 일단 연결이 되면 독자적으로 서로의 관점에서 새로운 의미를 만들어 내기 시작해 그 조각들(각각의 아이디어)의 합 이상의 하나의 전체를 만들어 낸다."라고 말한다.

《나는 왜 괜찮은 아이디어가 없을까?》라는 책에 의하면 창의성을 증진하는 공간은 천장이 높고 소통이 원활하게 이뤄질 수 있는 공간이다. 하지만 집중과 몰입을 위한 공간은 의외로 독서실과 같은 칸막이 공간이 더 효율적이라고 한다. 이는 몰입을 위한 절대적인 환경이 오히려 창의성을 방해할 수도 있다는 뜻이다.

또한, 색으로 본다면 파란색이 창조성에 유리하고 몰입에는 불리하다고 한다. 카페 안에서 발생하는 소음이 창의력과 집중력에 도움을 준다고 한다. 카페에서 발생하는 소음은 50~70데시벨 정도다. 카페에서 들리는 소음이 조용한 환경보다 창의력에 더 긍정적인 영향을 미친다는 것이다. 다양한 음높이의 소음들이 모여 만들어진 소리를 백색소음(White Noise)이라 하는데 일상에서 발생하는 다양한 소리이기 때문에 귀에 익숙하다. 따라서 집중을 방해하지 않고 오히려 다른 소음들을 차단해 주는 역할을 한다.

위와 같이 살펴보았듯이 커피하우스는 다양한 사람들이 상호 연결이 가능한 환경을 만들어 주었고, 다양한 사람들이 모여 의견을 나누고 주변의 다양한 환경의 네트워크를 통해 다양한 도구들과 다양한 연결을 통해 새로운 혁신적인 아이디어를 만들어 낸다는 것이다. 우리의 일상생활 공간도 유체가 흐르듯 완전히 트이지는 않지만, 정보가 흐르고 상호 연결이 가능하도록 일정한 부분을 열어 놓고 약한 연결을 시도한다면 창조적 아이디어를 만드는 데 커다란 역할을 할 것이다.

회사의 휴식 공간은 아이디어를 공유하고 상호 연결하기에 좋다. 공간이 트여 있고, 다양한 정보가 오가며, 적당히 개방되어 있고, 서로 다른 업무를 담당하는 사람들이 모이기 때문이다. 이런 환경이 창의적인 아이디어를 생산하기에 가장 최적이다. 또한, 식당도 아이디어를 내기 좋은 공간이다. 서로 이야기 주고받으며 상호 연결을 할 수 있다. 오늘날 GPS 아이디어의 원천도 바로 식당에서 이루어졌다.

따라서 상호 교류가 가능한 정도의 공간을 만들고 상호 연결이 가능하도록 공간의 배치도 좋은 아이디어를 생성하는 데 매우 중요하다. 즉, 공간의 배치를 자유자재로 재배치가 가능한 곳이면 더더욱 좋은 아이디어 공간을 만들 수 있다.

2-5. 창의적 특징을 가진 사람

창의적인 사람은 어떤 특징을 지녔을까? 생각해 본 적이 있는가? 창의적인 두뇌는 무엇일까? 비밀이라도 있는 것일까? 하고 물음표를 던져 본다. 필자는 늘 그런 생각에 접근하면서 어쩌면 모든 인간은 창의적이라 할 수 있다고 능력은 무한하다고 생각한다. 최근의 심리학 연구 결과가 반영된 과학적, 이론적 근거가 있는 창의적인 사람의 특징을 살펴보자.

Https://www.crezone.net/?page_id=125102&c=mn&m=V&n=1974
&search_key=&search_word=&current_page=1)

크레존의 창의적 사람의 12가지 특징에 의하면 아래와 같이 이야기하고 있다.

첫째는 **지식**이다.

지식에 있어 넓고 다양한 지식과 한 분야의 전문적 지식이 축적되고 활용될 때 창의적인 도구가 된다.

둘째는 **열린 태도**다.

"경험"에 열린 태도를 보이는 것은 예술적인 창의성, "지식"에 열린 태도는 과학적 창의성과 연관이 있다.

셋째는 **풍부한 상상력**이다.

상상력은 창의성 씨앗으로 아직 싹틔워지지 않은 가능성인 것이다.

넷째는 **위험 감수**(스릴 만끽)이다.

적당량의 위험 감수는 필요한 것이고 창의성을 발현하는 데 매우 중요한 요소이다. 실패를 많이 했다는 것은 그만큼 치열하게 열심히 살았다는 것을 반증하기도 한다.

다섯째는 **감정을 느끼면서 통제할 수 있는 능력**이다.

예일 대학의 Ivcevic 박사는 감정을 차단하지 않고 오픈하고 느끼면서 통제할 수 있는 능력은 창의적일 수 있다고 발표했다.

여섯째는 **관대함과 활력**이다.

감정이입 능력 즉, 남들의 감정을 이해하는 능력과 자신이 가지고 있는 것을 나누는 관대한 마음으로 활력을 가지면 현실적 창의적 활동을 잘한다는 것이다.

일곱째는 자신이 **창의적이라는 믿음**이다.
창의적 자기 효능감(Creative Self-efficincy)은 내가 뭔가에 창의적이라는 믿음을 갖는 것이다. 따라서 창의성을 실현하기 위해서는 자기 자신에 대한 능력의 기대감을 가져야 한다는 것이다.

여덟째는 **감**(직관)이다.
일반적으로 우리는 "그냥"이라는 이유를 단다. 즉, 의식적인 노력 없이, 주의를 두지 않고 이치를 아는 것이다. 따라서 창의적인 사람은 정확히 설명할 수 없지만 뭔가를 감지해 내는 능력을 갖는다.

아홉째는 **무조건 복종이 아닌 자기주장을 압력에 맞서 외치는 배짱**이다.
집단에서는 새로운 생각을 갖는다는 것은 집단의 존재 이유에 대해 위험 요인이 될 수도 있기에 집단은 그것을 위험 요소로 인식한다.

열 번째는 **복잡함을 받아주는 자세**이다.
현실은 복잡하고 창의성을 현실에 성공하려면 단순한 이론들로부터 벗어나야 한다.

열한 번째로는 **어느 정도의 지능**이 필요하다.
특별하지는 않지만, 어느 정도 지능과 창의성은 깊은 관련을 갖는다.

열두 번째는 **자율성**이다.
Grant 박사는 《뉴욕타임즈》에서 자녀를 창의적으로 키우려면 "당장 관심

꺼."라고 강력하게 조언했다. 즉, 내적 동기[2]와 외적 동기(칭찬)를 적절히 구사해야 한다. 반면 창의적 리더십에서 요구되는 창의적인 사람의 특징을 보면 다음과 같다.

① **가능성 탐구:** 아이디어가 떠오르면 가능성에 대한 탐구에 들어가고 연결 가능한 도구를 수집한다.

② **유연성:** 유연성 있게 다양한 방법을 생각하고, 고정관념을 탈피하여 다방면으로 생각한다.

③ **실험과 실패:** 일단 비계획적 실험을 통해 실패하든 성공하든 결과와 과정을 검토한다.

④ **호기심:** 매사에 관심과 호기심으로 사물을 바라보고, 원리를 생각하고 Why, Principle을 생각한다.

⑤ **활발함:** 일단 아이디어가 생각나면 활발하게 추진하는 습성을 갖는다.

⑥ **실험정신:** 아이디어는 실험을 통해 가능성을 타진한다.

⑦ **독립성:** 독립적으로 일을 수행하며, 완성하려고 하는 독립심이 강하다.

⑧ **열정:** 남들보다 열정적으로 일을 추진한다.

⑨ **통제 저항:** 어떤 저항에 부닥쳐도 하고자 하는 의지로 돌파한다.

⑩ **자기인식:** 자신의 감정, 생각, 행동을 인식하고 스스로 조절하는 능력을 갖는다.

⑪ **실험과 도전:** 실험을 하고자 하는 도전 정신이 남들보다 월등하다.

위와 같이 창의적인 사람들은 뭔가 탐구 정신과 실험정신 그리고 도전 정신을 공통으로 가지고 있는 것 같다. 필자는 도전과 호기심 그리고 실험정신으로 아이디어에 대한 집착이 강하다. 그러나 항상 여유 있는 마음으로 취미

---

2) 자신이 직접 스스로 공부하는 것 즉, 창의성과 이노베이션의 요소

라고 생각하며 즐기는 편이다. 창의적 사고 단계에 보면 유희라는 말도 있다. 즐겁게 시작하는 것이다. 부담을 갖지 말고 생각하고 연결해 나가다 보면 나도 모르게 돈 되는 창의적 아이디어가 발현된다.

2-6. 직관 & 멀티태스킹(Multi-tasking)

우리는 직관을 어떻게 받아들일까? 대부분의 CEO는 자신이 가장 어려운 판단을 내릴 때 직관으로 판단한다고 한다. 좋은 아이디어도 직관에 의해서 떠오르는 경우가 종종 있다. 직관을 발달시키면 돈 되는 아이디어를 더 쉽게 떠올릴 수 있다.

또한, 아이디어를 더 효과적으로 찾는 방법으로 여러 프로젝트 또는 업무로부터 미약한 연결을 통해 또 다른 유용성을 찾곤 한다. 다양한 사고와 다양한 업무를 수행하면서 미약한 연결을 통해 지식과 프로젝트를 연결함으로써 돈 되는 아이디어를 쉽게 찾을 수 있다.

직관

직관은 왠지 해결할 듯한 느낌 또는 새로운 연관성을 감지하는 것을 직관이라 한다. 창의성이란 분석을 넘는 직관의 가동을 말하며 이것은 밖이 아니라 내 안에서 나온다. 직관적 사고는 자동적 과정이고 전체적인 패턴을 갖는다. 무의식에서 일어나면서 감정으로 소통이 된다. 오랜 진화를 거쳐 느리게 학습으로 얻어지며, 빠르게 작동하게 된다.

직관을 고도화하는 방법에 대해서 아래와 같은 훈련이 필요하다.

- 전문적 지식과 경험을 고도화하기
- 위기의 순간에 평온을 유지하기
- 경험에 의한 예상의 배반을 인식하기
- 감정적 느낌과 직관적 느낌의 차이[차갑고(분석) 뜨겁고(감정적 느낌) 따뜻하고(직관적 느낌)]
- 불확실하면 미리 보기를 가동하기
- 구체화, 조합, 관찰 그리고 느끼기
- 악마의 변호인이 비판하게 하기
- 직관적 판단에 숨은 가정의 약점을 찾기
- 내재된 비일관성을 찾기
- 장기적으로 부딪칠 문제점을 생각해 보기
- 엉터리 직관 여부(희망 사항, 감정적 느낌, 욕망…)를 판단하기

"생각의 가장 완벽한 방식은 분석적 사고에 기반을 둔 완벽한 숙련과 직관적 사고에 근거한 창조성이 역동적으로 상호작용하면서 균형을 이루는 것이다. 나는 이를 'Design Thinking'라 부른다."

-로저 마틴(Roger Martin) 《Design Thinking》

억만장자이자 투자의 대부, 조지 소로스는 평소 투자 시에 직관을 잘 활용한다고 한다. 그의 직관을 표현한 문구를 살펴보자.

"나는 극심한 통증이 시작되면 포트폴리오에 문제가 발생한 신호로 받아들인다. 그 통증이 어디가 잘못되었는지를 알려주지 않으나 나는 내 생각의 실수를 찾기 시작한다."

-조지 소로스

평소 직관을 훈련시키면 더 효율적으로 돈 되는 아이디어를 쉽게 연결할 수 있다. 직관이 발달한 사람은 정확도가 매우 높다. 이것은 자신의 행복한 느낌을 가졌을 때, 이익이 되었을 때 나는 어떤 느낌이었는지를 적어 보고 생각해 보자. 내 안의 느낌들이 나에게 이로웠을 때의 느낌 자체를 생각해 보라. 또한, 나쁜 경험에 대한 느낌은 어땠는지 그 당시의 직관들을 생각해 보면 자기에 대한 직관을 파악할 수 있다. 따라서 자신의 직관을 잘 파악하는 사람은 성공을 이룰 수 있고, 돈이 되는 아이디어를 빨리 얻을 수 있다.

멀티태스킹

《탁월한 아이디어는 어디서 오는가》라는 번역서에 의하면 다윈, 존 스노우, 벤저민 프랭클린 등 전설적 혁신가들에게 나타나는 공통점이 있다. 바로, 다양한 분야에 관심과 호기심이 있었고, 다양한 취미를 가지고 있다는 것이다. 이러한 특징을 역사학자 하워드 그루버(Howard Gruber)는 여러 프로젝트를 동시에 진행하는 형태를 "진취성의 네트워크"라 정의하고, 《탁월한 아이디어는 어디서 오는가》의 필자 스티브 존슨은 "멀티태스킹"이라 부른다.

이러한 멀티태스킹은 한 가지 프로젝트가 중심이 되어 전체 프로젝트의 대부분을 차지하지만 또 다른 생각과 아이디어를 갖는 프로젝트가 중심의 언저리에서 의식 속에 존재한다. 이러한 언저리의 인식들 즉, 비주류 프로젝트는 중심에 서 있는 프로젝트에 외부적응(Exaptation) 작용으로 새로운 연결을 한다. 이러한 작용은 새롭게 한 학문에서의 어떤 도구로 다른 분야의 문제를 해결하는 것이다. 마음에서 새로운 각도로 접근하도록 지적장벽에 접근하는 것이다.

발명가는 멀티태스커가 되어야 한다. 여러 학문을 관심을 가지고 습득한 사람에게는 마음이 깊어지고 그 마음속에서 언제든 문제에 대한 해결책을 끌어내는 Exaptation이 일어나게 된다.

직관으로 돈 되는 아이디어를 찾을 때는 뭔가 느낌이 있다. 이것을 잘 파악하면 대박을 얻을 수 있는 아이디어를 얻는 것이다. 평소 자신의 직관을 스스로 인지할 수 있는 능력을 키우면 좋은 아이디어를 쉽게 얻을 수 있다. 또한, 한 분야만 전문적이어서는 안 된다는 것이다. 다양한 지식과 하는 일들이 서로 연결되어 있음을 인지하며 미약한 연결 과정을 통해 새로운 관점을 얻게된다. 이런 관점이 방향까지도 제시해 주는 중요한 연결들이다.

심리학자들은 멀티태스킹이 집중력 면에서 좋은 선택이 아니라고 하지만, 아이디어를 낼 때는 더 좋은 연결고리를 만들 가능성이 있기에 권장할 만하다고 생각한다.

2-7 명상, 메타인지
논리적 비판적 사고와 창의성

명상과 메타인지, 논리적 비판적 사고가 어떻게 창의성과 관련이 있는지 궁금하고 또 알아볼 필요가 있다. 마침 며칠 전 필자는 명상과 창의성에 관한 박사 논문을 쓴 박사님과 대화를 나누게 되었다. 명상, 메타인지, 창의성에 관한 연관성을 그분과 장장 3시간 동안 대화를 나누었다. 메타인지 속에는 비판적 사고의 영역이 들어 있다. 이 비판적 사고와 명상 그리고 메타인지는 어떻게 창의성과 연결 지을 수 있을까? 궁금하여 여기서 알아보고자 한다.

명상을 통해서 자신이 가지고 있는 편견적 마음을 없애는 훈련, 또는 과거의 생각을 내려놓는 것 이것이 창의성을 기르는 매우 중요한 요소다.

"진정한 지혜는 고요함 속에서 나온다. 그러므로 창의력을 계발하고 문제를 해결하고 싶다면 고요함 속으로 들어가라. 500명의 런던의 CEO로부터 조사한 자료에서 유레카(번뜩이는 아이디어) 자극제는 침묵이 40%, 고독이 27%로 나타났다."

-에크하르트 톨레《고요함의 지혜 중》에서

즉, 명상을 통해서 갓 태어난 아이의 세상을 바라보는 상태로 만드는 관점이 곧 명상이다.

이 명상을 통해 사물을 바라보는 관점을 편견이 작용하지 않는 경지의 마음 상태를 유지하는 것이다. 또한, 메타인지의 비판적 사고는 창의성을 발휘하는 데 매우 중요한 요소로, 비판적 사고로 문제점을 파악한다는 이론이다.

Meditation offers the opportunity, the potential to step back and to get different perspective, to see that things aren't always as they appear.

명상은 한발 물러서서 다른 관점을 가질 가능성, 사물이 항상 보이는 것과 같지 않다는 것을 볼 기회를 제공한다. 우리는 인생에서 일어나는 아주 작은 일들을 바꿀 수는 없지만, 우리가 그것을 경험하는 방법을 바꿀 수 있다. 그것은 바로 명상을 통해서 가능하다.

따라서 명상과 메타인지, 창의성은 서로 연결되어 작동될 때 창의성은 크게 발휘된다. 디자인 씽킹(Design Thinking)의 공감 단계, 창의적 발상의 부화 단계, 사고의 7단계의 유념의 단계가 모두 명상의 단계에 해당한다.

창의성은 비판적 사고에 의해 문제점을 도출하고 명상을 통해 편견이 없는 관점으로 다양한 측면에서 바라볼 수 있는 관점을 넓히는 것이다. 즉, 심리학에서 이야기하는 큰 Frame으로 바라 보라는 것이다. 큰 프레임으로 바라보면 다양한 차원에서 사물을 볼 수가 있다. 마치 우주인들이 우주에 다녀오면 그 전의 편협한 사고방식으로는 절대로 돌아가지 않는 것과 같다.

메타인지에 대해 좀 더 이해의 폭을 넓혀 보고 창의성과의 관계를 살펴보자.

한국간호교육학회지 제25권 제3호, 2019년 8월에 의하면, 메타인지는 비판적 사고와 문제 해결 및 학습 내용의 이해, 기억, 적용에 영향을 주는 중요한 개념이다. 실제 연구에서도 메타인지 수준이 비판적 사고와 유익한 상관관계가 있는 것으로 나타났다고 한다. 비판적 사고는 창의력에 도움을 준다는 것이다. 메타인지는 비판적 사고를 포함하고 있기 때문에 메타인지의 활용이 창의력에 도움이 된다. 인간의 사고는 끊임없는 상호작용을 한다. 그렇기에 인지적 사고와 메타인지적 사고가 끊임없이 가역/비가역적으로 충돌한다. 메타인지적 지식, 메타인지적 경험, 인지적 목표, 인지적 행동이 끊임없이 상호작용하면서 창의적 사고가 형성되는 것이다.

2010년 이화여자대학원 박인숙 박사 논문에 의하면, 여러 학자들이 메타인지 기능에 대한 정의를 하였다. 인지적 활동에 대한 인식과 점검, 무엇을 할 것인가에 대한 선택, 계획, 무엇이 행해지고 있는가에 대한 점검, 지식의 적절한 활용, 자신의 지식 상태에 대한 자문 등 여러 학자에 따라 정의가 조금씩 다르다.

창의적 문제 해결에 있어 메타인지는 문제 해결 과정을 점검과 조절 기능으로서 문제 해결 과정을 인지하는 전체적인 인지 활동이라고 한다. 창의적 문제 해결을 하는 인지 활동에 메타인지가 톱니바퀴처럼 움직여서 창의적 활동에 방법을 제시하는 역할을 하는 것이다.

문제 해결의 각 단계에서 메타인지는 메타인지적 결정을 통해 문제 해결력을 향상할 수 있는 요인으로 작용할 수 있기 때문에 메타인지는 문제 해결의 실질적인 집행자 역할을 한다. 문제 해결 과정에는 창의적 사고 기능의 핵심이라 할 수 있는 발산적 사고 기능과 비판적 사고 기능인 수렴적 사고 기능이 계속해서 상호작용하여 복합적으로 작용하여 창의성을 향상시킨다.

결론적으로 말하면 명상은 아이의 때 묻지 않은 생각 상태로 마음을 다잡아 보는 것이고, 편견의 그늘을 없게 하여 창의적 생각을 만들도록 도움을 주고, 비판적 사고의 메타인지를 통해 문제점을 빨리 습득하고 창의적 해결책을 모색하는 데 중요한 역할을 한다.

2-8. 자기실현 예언과 피그말리온 효과

우리는 살아가면서 많은 것들과 접하며 살고 있다. 심리학자들은 긍정적인 생각을 하면 좋은 결과를 갖는다고 한다. 필자는 긍정적인 생각을 가지고 아이디어를 생각하면 우리 몸속의 뉴런 즉, 신경세포가 긍정적이고 바라는 방향으로 정보를 찾도록 무던히 상호작용한다는 것을 경험을 통해서 느낀다.

그런 긍정적인 아이디어를 생산하는 사람들에게 두 가지 방법을 소개하려한다. 하나는 자기실현 예언 또 하나는 피그말리온 효과이다. 이 이론들은 아이디어를 생각하고 좋은 아이디어를 찾는 데 도움을 준다고 생각한다.

자기실현 예언은 자신이 이루고자 하는 것을 마음속으로 반복해서 말하고 자신감을 가지면 그것이 잠재의식이 되어 어느새 이루고자 하는 방향으로 자신의 행동을 이끌어 주기 때문에 노력과 행동이 쌓여 결국 목표를 달성하게 된다. 즉, 이루고자 하는 것을 자기 암시를 통해 목표에 접근하는 것이다.

피그말리온 효과는 그리스 신화에 나오는 왕에 대한 이야기로, 자신이 조각한 여인상을 진심으로 사랑하여 이를 본 여신 아프로디테(그리스 신화의 비너스)가 조각상에 생명을 불어넣어 바람을 이루게 한 신화이다. 즉, 무엇인가에 대한 사람의 믿음, 기대, 예측이 실제로 일어나는 경향을 말한다. 교육심리학에서는 교사의 기대에 따라 학습자의 성적이 향상된다는 것이다.

이러한 마음가짐을 가지고 아이디어를 생각하면 더욱 좋은 아이디어를 발견할 수 있고 실현할 수 있도록 큰 도움이 될 것이다.

실제로 필자는 마음속에 늘 이런 생각으로 긍정적인 마음으로 대한다. 난관에 부닥칠 때는 인간이 하는 일인데 해결책이 있을 거라고 위로하고, 긍정적인 마음으로 단지 숨겨진 길을 찾는 데 시간이 걸릴 뿐이라고 생각한다.

긍정적인 생각은 아이디어를 내는 데 커다란 도움이 된다. 바라는 아이디어 또는 이루고 싶은 생각이나 만들고 싶은 것을 뇌에 먼저 각인을 시켜야 한다. 어려운 문제일수록 각인시키고 주기적으로 생각을 꺼내서 또 생각하고 숙성 기간을 갖고 반복해서 아이디어가 생각나고 문제 해결의 실마리를 얻기까지 오랜 시간이 걸릴 수도 있다.

단순한 아이디어가 아니고 어려운 문제일수록 의식과 무의식의 과정이 연속적으로 오래 지속되어 나타난다. 여기서 의식은 처음에 필자가 바라던 생각이고, 무의식은 그 생각을 잊는 시간을 말한다.

필자의 경우는 파우더 펌프 개발에 대한 생각을 처음 인식한 것은 10년이 넘었다. 세계 시장에 없는 유일한 제품이기에 무척 어려운 아이디어였던 것이다. 뇌에 각인시키고 꾸준히 의식과 무의식의 세계를 반복적으로 지나면서 뜻대로 바라는 대로 아이디어를 완성했다. 무엇이든 어떤 바라는 생각을 뇌에 각인시키고 난 후, 무의식-의식의 과정이 반복해서 이루어지면 가장 근접한 아이디어에 접근하게 된다는 것을 필자의 경험으로 증명한 셈이다.

3장

좋은
아이디어
내는
도구들

3-1. 유기적 네트워크와 플랫폼 내의 연결성

유기적 네트워크는 쉽게 말하면 다양한 방법으로 서로가 연결될 수 있는 공간의 각 요소의 존재 상태를 유기적 네트워크라고 한다. 비버는 천적으로부터 보호받기 위해 주변의 도구들을 활용하여 집을 만든다. 거기에는 습지가 이루어지면서 도가머리, 딱따구리 집부터 수많은 다양한 생물들의 삶의 터전이 형성되는데, 이것은 하나의 플랫폼을 이루게 된다.

이러한 플랫폼은 다양한 연결성을 이루기도 하지만 새로운 하나의 큰 탄생이기도 하다. 또한, 우리가 어떤 액체 상태에 다양한 물질들이 녹여져 있는 상태가 곧 유동적 네트워크를 형성했다고 말할 수 있다. 하나로 본다면 그 자체가 플랫폼인 것이다. 또한, 신경세포도 860억 개 이상의 뉴런이 상호작용을 통해 신호를 전달하는 상태이며, 이 집합체는 유기적으로 작동하면 전체를 플랫폼으로 볼 수 있다. 산호섬의 산호초 또한, 다양한 생물체들로 운집된 하나의 큰 유동적 네트워크를 형성하여 서로 연결고리를 만든다. 이 산호초 전체가 하나의 플랫폼이 되는 것이다.

대도시나 탄소 원자도 기능적으로 보면 아주 다양한 방법으로 유동적으로 연결 가능성을 열어 놓은 상태이다. 이 환경 속에서 끊임없이 연결하면서 새로운 아이디어가 탄생하는 것이다. 대도시 자체가 하나의 큰 플랫폼이고, 탄소 원자의 연결 친화성도 한 무리의 큰 환경 속에 있을 때 서로 연결 가능한 상태를 이루면서 하나의 플랫폼이 형성되는 것이다.

플랫폼 속의 다양한 도구들이 서로 상호 연결 가능성을 가지고 유동적으로 움직여 또 다른 새로운 것을 탄생시키는 것처럼 아이디어도 같은 맥락에서 여러 가지 요소들이 유동적으로 연결 가능성을 만들고 최상의 연결을 만들 때 아이디어가 탄생하는 것이다.

대부분의 훌륭한 아이디어는 처음에는 간단하고 단순한 원리를 갖는다. 또한, 부분적이고 불완전한 형태로 마음속에 존재하게 된다. 훌륭한 아이디어에는 뭔가 씨앗과도 같은 함축된 존재들이 들어 있고, 직감 또는 예감과 같은 잠재적 뭔가가 있는 것이다. 대개 그 속에 없는 요소는 다른 사람의 머릿속에 다른 직관으로 존재하거나 유동적 네트워크 속에 새로운 정보들과 상호 연결되어 만들어질 때 새로운 아이디어가 탄생한다.

유동적 네트워크는 그런 불완전한 직감을 연결할 수 있도록 환경을 제공하고, 하나의 큰 플랫폼으로 존재하여 그 안에서 상호 연결을 통해 불완전한 아이디어를 성공으로 이끌 수 있게 된다. 위키피디아 혹은 월드와이드웹(World Wide Web) 등이 네트워크의 대표적인 예다. 여기서 유기적 네트워크에 관해 자세히 알아보고자 한다.

1) 뉴런의 유기적 네트워크

뉴런들은 전기적, 화학적으로 네트워크로 연결을 하고 새로 생성된 뉴런 집합체들은 새로운 생각을 이끌어 낸다. 인간의 뇌에는 무려 1천억 개 이상의 뉴런이 있다. 1개의 뉴런은 대략 1천 개의 뉴런과 연결이 되어 있다. 결국, 뉴런의 연결은 1백조 개 이상의 큰 규모의 네트워크를 형성한다. 이 네트워크는 하나의 큰 플랫폼인 것이다.

과학 저널 《휴먼 브레인 맵핑(Human Brain Mapping)》에 따르면 뇌 네트워크가 공간적으로나 기능적으로 유동적이라는 것을 발표했다. 연구에 따르면 공간적 특성은 시간이 지남에 따라 변화한다는 것이다. 우리 몸속에 존재하는 뉴런은 정보전달과 정보인식 상호연결을 통한 다양한 방법으로 접촉되며 심지어 과거의 경험까지 연결함으로써 과거와 현재를 넘나드는 큰 하나의 플랫폼 내에서 상호 연결성을 지속한다.

2) 산호섬의 유기적 네트워크

산호섬은 어떤가? 유네스코 유산에 등재된 남태평양 피닉스제도 보고에 의하면 세계에서 가장 크고 보존이 잘 된 해양 산호군도 생태계 보호구역의 하나인 PIPA에는 14개의 수중 해산(사화산으로 추정)과 심해 서식지가 있다. 200여 종의 산호, 500여 종의 물고기, 18종의 해양 포유류, 44종의 조류 등 약 800종의 동물이 이곳에 서식한다. 키리바시의 첫 세계유산인 피닉스제도 보호구역 생태계의 구조와 기능을 보면 이곳의 오염되지 않은 원시적 자연과 이동성 동물의 이동 경로이다. 산호초는 지구 표면의 0.1%를 차지하고 전 해양 식물의 약 1/4 정도는 산호초 군락지에서 살고 있다. 이러한 환경은 바다의 도시나 마찬가지다. 따라서 이러한 산호섬은 커다란 유동적 네크워크를 형성한다고 볼 수 있고 하나의 플랫폼으로 존재한다.

3) 탄소 원자의 유기적 네트워크

또 하나의 네트워크는 탄소 원자를 중심으로 모든 생명체에 연결되어 있다는 것이다. 탄소 원자는 모든 원소 중 가장 친화력이 좋은 원자로 자연계에 존재하는 다른 어떤 원소들과도 쉽게 상호 연결을 한다. 탄소 원자는 6개의 원자로 구성되어 있고 제1주기에 안정한 주기율 2개의 원자를 갖고 바깥 주기에는

4개의 원자가 배치되어 있다. 이 4개의 원자는 안정한 상태를 유지하기 위해 다른 원소 수소(H), 질소(N), 산소(O), 인(P), 황(S) 등의 원자와 잘 결합한다.

탄소(C) 원자는 지각의 전체 구성요소의 0.03%를 차지한다. 또한, 우리 몸에 약 20%를 차지한다. 또한, 지구 모든 생명체의 탄화 중량의 99%를 차지한다. 이해를 돕기 위해 탄소는 물질을 태웠을 때 남는 검은 물질을 말한다. 현대에서 탄소는 그래핀(Graphne)이라는 이름으로 미래를 선도하는 물질로 평가받고 있다. 미래를 선도하는 모든 산업에서 응용되고 있다.

탄소 원자가 주기 배열

탄소 원자는 그림에서 보여 주듯 다양한 형태로 결합을 행한다. 탄소 원자는 모든 유기체의 유전 정보를 갖는 핵산에서부터 단백질의 구성요소와 탄수화물 및 에너지 저장고인 지방에 이르기까지 모든 영역에 분포되어 있다. 탄소의 이러한 독특한 성질은 유동적 네트워크를 형성한다고 볼 수 있다. 따라서 탄소를 중심으로 형성되는 다른 물질과의 공존은 하나의 플랫폼 속에서 이루어진다.

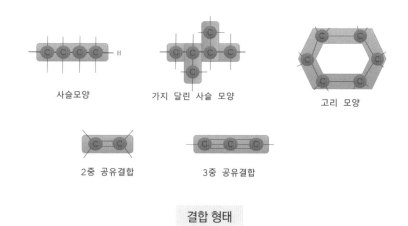

사슬모양   가지 달린 사슬 모양   고리 모양

2중 공유결합   3중 공유결합

결합 형태

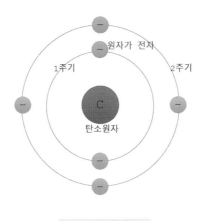

1주기   원자가 전자   2주기

C

탄소원자

탄소 원자 배열

4) 액체 상태의 솔벤트(Solvent) 속에 있는 다양한 물질들

태초의 생태 환경 속에서 무수한 물질들이 액체 상태로 녹아 있다. 이 다양한 물질들은 서로 상호작용으로 인해 다양한 결합 방법들로 새로운 생명체를 탄생시킨다. 따라서 태초의 대자연의 액상 상태는 유동적 네트워크를 형성해 준 것이다. 솔벤트는 물질들이 반응하는데 필요한 공간으로 활용되어 네트워크 역할을 한다. 솔벤트 속의 모든 물질들은 바로 하나의 플랫폼을 만든 것이다. 하나의 물질이 솔벤트에 녹아 있고 또 다른 물질이 녹아 있다. 여기에서 서로 연결해 주는 역할을 한다. 그 물질들이 반응하는 데는 압력, 온도, 기타 여러 요인이 작용한다. 이러한 반응을 하는 시스템적 환경 요소들이 모여 유동적 네트워크를 형성하는 것이다.

5) 시골이 아닌 도시 환경의 유기적 네트워크

인구밀도가 높은 현대 사회는 정보가 넘치는 사회이다. 수많은 사람들과 도시 문화를 공유하고 있을 때 사람과 사람끼리 생각이 유동적 네트워크를 형성한다. 이런 환경에서의 정보 유동성이 확보되어 많은 발명이 이루어진다. 이러한 고밀도의 도시 환경은 혁신이 일어나기도 하고 혁신을 저장하는 기능을 수행한다. 도시 환경은 유기적 네트워크를 형성하고 큰 플랫폼을 형성하는 것이다.

6) 커피하우스의 유기적 네트워크

영국의 최초의 커피가게인 커피하우스(1976)는 강력한 사회적 네트워크를 가지고 있다.

"가장 창조적인 사람은 넓은 사회적 네트워크를 가지고 다양한 다른 분야의 사람들과 관계를 갖는다. 따라서 다양하고 수평적 네트워크는 획일적 수직적 네트워크보다 3배 더 창조적이다."라고 루크는 분석했다. 오래된 친숙한 집단보다 새로운 집단과의 접촉은 더 창조적 혁신을 가져온다. 이러한 새로운 집단과의 연결성은 아마도 오래되고 친숙한 네트워크 환경보다는 약할 수밖에 없다.

"아이디어 공간에서 나온 중요한 아이디어는 일단 연결이 되면 독자적으로 서로의 관점에서 새로운 의미를 만들어 내기 시작해 그 조각들(각 각각의 아이디어)의 합으로 하나의 전체를 만들어 낸다."라고 오글은 말한다.

7) 자연은 하나의 큰 유기적 네트워크이자 플랫폼

자연은 아주 다양한 형태로 존재한다. 곤충에서 동물 그리고 다양한 식물들이 있다. 이러한 큰 자연의 틀 속에는 무궁무진한 원리와 재료들이 넘쳐난다. 이러한 플랫폼 속에서 동물을 모태로 로봇을 만들고, 미사일을 만들고, 식물의 작용을 활용하여 의약품을 만드는 등 엄청난 양의 아이디어가 내포되어 있다. 이런 거대한 플랫폼 안에서 얼마든지 아이디어를 발현할 수 있다. 자연은 우리에게 큰 선물이자 하나의 플랫폼을 준 것이다. 이 속에서 많은 아이디어를 상호 연결하여 찾는 것도 매우 중요하다.

위와 같은 살펴보았듯이 유기적 네트워크 특징처럼 아이디어도 주변의 다양한 환경의 네트워크를 통해 다양한 도구들과 다양한 연결을 통해 새로운 혁신적인 아이디어를 만들어 낸다는 의미이다. 유동적 네트워크는 곧 하나의 큰 플랫폼을 만드는 것이다. 이 플랫폼 안에서 모든 아이디어가 생성된다고 볼 수 있다.

우리는 플랫폼을 개방화할 필요가 있다. 새로움을 추구하고 다양한 아이디어를 얻게 할 수 있기 때문이다. 즉, 자유로운 연결을 통할 때 혁신은 번성한다. 또한, 현대 사회에서 사물 인터넷 세상에서는 모든 행위가 연결로 이루어져 있다. 연결 가능성에 의해 새로운 아이디어가 탄생하는 것이다.

3-2. 마이크로적 관찰과 3D & 철학적 관점

훌륭한 아이디어를 창조해 내는 데 가져야 할 3가지 자세가 있다.

어떻게 볼 것인가?
어떻게 관찰할 것인가?
어떤 자세로 임할 것인가?

위의 3가지 요소는 아마도 아이디어를 쉽게 찾기 위해 필요한 요소일 거라 생각된다. 따라서 훌륭한 아이디어를 찾는 데 도움이 되는 요소를 알아보자.

1) 철학적 관점

우리가 지구를 바라볼 때 감각과 본능으로 본다면 평평할 것이다. 그러나 가만히 생각하면 둥글다 할 것이다. 생각한다는 것은 수고로움이 있다는 것이다.

우리는 사물을 보거나 여자를 또는 남자를 만나면 보이는 대로 볼 것인가? 봐야 하는 대로 볼 것인가? 보이는 대로 본다는 것은 편견 없이 본다는 것이고, 봐야 하는 대로 보는 것은 편견이나 고정관념이 작용하여 단점과 장점을 보게 된다.

한번 특정한 관점에 갇히면 죽을 때까지 변화하는 현실을 반영하지 못한다. 즉, 자신의 지성과 지력을 고갈시키는 결과를 낳는다. 현대 사회에서 특정한 관점에 갇히면 매우 위험한 것이다. 현상을 보이는 대로 보고 생각에 수고를 더하여 변화를 이끌어 내야 한다. 장자는 특정한 관점이나 관념을 선희 또는 선견이라 한다.

선견에 갇히게 되면 곧 기준에 갇히는 것이다. 누구나 관점에 갇혀 있지만, 그로부터의 탈출은 나를 고갈시키는 것에서 벗어나는 것이다. 가만히 생각하는 것이 관찰이다. 관찰한다는 것은 수고를 들인다는 것이고 노력이라는 것이다.

우주에는 아무리 크다 해도 그것보다 큰 것이 있고 아무리 작다 해도 그것보다 작은 것이 있다. 천지를 크게 보고 털끝을 작게 보는 것 또한, 내가 정해 버린 것이지 우주의 진실은 아니다. "인생은 짧다, 길다."라고 말하는 것 또한, 사람이 정한 것이지 우주의 진실은 아니다. 이렇듯 현대 철학에서 강조하는 것은 편견을 가지고 현상을 보지 말고 보이는 대로 보라는 것이다.

2) 타성

또 한 가지는 타성으로부터 탈출하라고 말하고 싶다. 타성의 사전적 의미는 오래되어 굳어진, 좋지 않은 버릇이나 오랫동안 변화나 새로움을 꾀하지 않아 나태하게 굳어진 습성을 말한다. 영어로 번역될 때는 매너리즘이라고 주로 번역된다. 아이디어를 생각하거나 새롭게 문제를 해결하려면 타성에서 벗어나야 한다. 타성에 빠지면 새롭게 있는 그대로 사물을 바라볼 수 없기 때문이다. 세상을 있는 그대로 보는 것 그 불편한 점을 찾아내는 것, 보이지 않는 것을 볼 수 있는 관점이 바로 문제를 해결할 수 있다. 이것은 연습을 통해서 능력을 키울 수 있다. 습관화는 문제 해결에 도움이 안 된다.

습관화에 맞설 생각 3가지
① 넓게 보는 것
② 가까이 보는 것: 보이지 않는 작은 부분을 면밀하게 보는 것
③ 젊게 생각하는 것: 마치 아이들처럼 모든 것에 익숙하지 않은 상태의 생각을 하라는 것

피카소는 세상의 모든 아이가 예술가라고 말한다. 보이지 않는 것을 신경을 써서 보면 더 많은 것을 알아낼 수 있다. 처음 보았을 때가 가장 그 문제에 접근하기 쉬운 방법이다. 습관화되면 문제를 쉽게 파악하기 힘들다. 넓게 보면서 세밀하고도 젊게 생각하라.

3) 마이크로적 관찰

우리가 어떤 사물을 볼 때 미시적 접근으로 관찰을 해야 할 때가 있다. 세밀하게 관찰하려면 주변까지도 체크되어야 한다. 단순히 그 물질 또는 물건만 관찰해서는 안 된다. 그 주변까지도 면밀하게 관찰해야 한다. 또한, 세심하게 바라보는 물건 또는 물질에 대해 원리부터 쓰임새, 생김새, 응용성, 다

른 용도 등 다방면으로 세심하게 바라볼 필요가 있다.

마이크로적인 생각이란, 아주 미세한 주변 환경의 변화에도 쉽게 변하는 속성을 갖는다.

예를 들면 필자가 0.01ug을 저울로 잰다고 생각해 보자. 이것을 잴 수 있는 환경은 무엇인가를 생각하라는 것이다. 바람에 영향도 받을 것이고, 진동의 영향도 받을 것이고 또 습도의 영향을 받을 것이고, 온도의 영향을 받을 것이다. 이러한 환경의 변화에 따라 취하고자 하는 마이크로그램(Microgram)이 영향을 받을 것이다. 이러한 세심함으로 주변 환경을 관찰함으로써 좋은 아이디어를 얻을 수 있다.

필자는 마이크로 분석 업무를 10년 이상 해 오다 보니 마이크로적 관찰을 숙달시키는 방법을 자연스럽게 터득한 것 같다. 아주 소량을 다루는 연습 즉, 마이크로 단위의 액체나 고체를 손으로 다루면서 주변의 움직임에 자연스럽게 신경을 쓰게 되고 관찰이 되었던 것 같다. 이런 연습은 습관적으로 주변을 관찰하게 되는 행동으로 이어졌다. 아이디어를 찾는 데도 이러한 세심한 관찰이 무엇보다도 중요하다.

사업을 하면서 필자의 제품은 단지 펌프일 뿐이다. 펌프만 팔면 되지만 소비자가 아무리 좋은 성능의 펌프를 가지고 있어도 주변과의 설치 기준을 잘못한다면 효과를 보기 어렵다. 바로 펌프를 설치하는 곳의 주변 상황을 관찰하는 것이다. 주변과 상호 적합성을 판단하는 세밀한 관찰이 필요한 것이다.

4) 3D적 관점

세심함의 반대 개념으로 아주 큰 덩어리로 생각할 수 있는 큰 Frame을 생각해 볼 수 있다. 골목길을 청소하고 있는 청소부를 생각해 보자.

그 장면을 어떻게 볼 것인가? 단순히 '우리 동네 골목길을 청소하는구나.'라고 생각하는 것이 일반적일 것이다. 여기가 소하동이라면 '아, 소하동 모퉁이를 청소하는구나.' 더 크게 하면 '아, 경기도의 한 모퉁이를 청소하는구나.' '아, 대한민국의 모퉁이를 청소하는구나.'라고 생각할 수 있다. 그러나 이것은 일차원적으로 보는 습관이다.

아이디어는 3차원적으로 보는 습관을 가져야 한다. 보이지 않는 것도 꿰뚫어 볼 수 있는 능력을 가져야 한다. 청소하는 장면을 우주에서 바라본다면 사방을 다 볼 수 있을 것이다. 즉, 3D 화면을 보는 것처럼 보일 것이다. 이처럼 아이디어는 보이지 않는 부분을 볼 수 있는 식견을 갖추어야 한다. 높은 곳에서 한눈에 볼 수 있는 식견 즉, 큰 프레임(Frame)을 크게 갖고 생각하는 습관을 가져 보자.

결론적으로 말하자면 아이디어를 얻고자 한다면 아래와 같이 생각하고 행동하자.

-**경계면에서 바라보라**(치우침이 없게).
-**사물을 보이는 대로 보라**(있는 그대로 진실만을).
-**보고 싶은 대로 보지 마라**(편견이 작용).
-**타성으로부터 탈출하라**(타성은 새로운 것에 접근을 불허).
-**호기심과 창의성에 집중하라.**

"Curiosity about life in all of its aspects, I think, is still the secret
Of great creative people."

-Leo Burnett

호기심은 훈련되거나 배우기 어렵다. 호기심은 다양한 것들에 대한 호기심이 있고, 호기심은 성격(Character)으로 각자의 개인에게 남겨진 것이며, 시험이나 정상적인 교육 체계에 의해 얻어지는 것이 아니다.

감정에 대한 호기심은 공감을 이끌어 내고
아이디어에 대한 호기심은 상상력을 자극하며
솔루션에 대한 호기심은 창의력을 자극한다.
영향력에 대한 호기심은 의사소통을 유도하고
결과에 대한 호기심은 리더십을 주도하게 된다.

호기심과 공감은 훌륭한 아이디어맨들의 독특한 특징을 나타내기도 한다. 그들은 올바른 질문을 통해 호기심에 대한 의문 해소를 얻으려 노력한다. 창의력을 키우기 위해서는 **호기심, 비판적 사고, 및 공감** 수준을 구축해야 한다. 호기심이 많은 과학자들은 거기에 숨어 있는 패턴이나 통찰력을 이끌어 내는 능력을 갖곤 한다.

호기심은 혁신을 내포하고 있기에 호기심으로 항상 사물을 보는 습관을 길러야 한다.

3-3. 긴장 완화와 숙성 환경

필자는 숙성이라 하면 과실주나 막걸리, 김치 등이 생각난다. 숙성을 하면 음식도 맛이 있고 우리 몸에 많은 이로움을 준다. 최근에는 코로나에 효과가 있다는 신김치가 인기라고 한다. 여기서 아이디어에 관한 숙성에 대해 두 가지로 이야기해 보고자 한다.

하나는 우리가 태어나면서 경험을 하고 지식을 축적해 오면서 성장을 한다. 이때, 경험과 지식은 우리 뇌에 숙성된 채로 어떤 생각에 이로움을 줄까 대기하고 있는 상태다. 이런 상태의 경험과 지식을 아이디어에 대해서는 숙성된 지식과 경험이라고 말하고 싶다. 또 하나는 우리가 어떤 생각이나 아이디어를 생각하고 몰입한다. 이 몰입 과정에서 과거의 숙성된 경험과 지식이 상호 연결이 된다.

필자가 아이디어에 어릴 적에 했던 경험을 적용한 사례를 살펴보자. 주름 관을 가지고 막대기를 그 안에 넣고 막대기를 손으로 툭 쳐서 빠른 속도로 총알 대용으로 나가도록 하는 놀이를 경험한 적이 있었고, 또 하나는 유리구슬 따먹기 게임으로 땅에 반원으로 구멍을 파고 유리구슬을 넣은 후 일정 거리에서 유리구슬을 던져 맞추어서 구슬이 나온 것을 가져가는 게임을 많이 했었다. 이러한 놀이의 경험이 숙성된 상태로 오늘날 분말 펌프를 만드는 데 큰 역할을 했다.

경험과 지식은 어릴 적부터 만들어져야 하고 많은 다양한 분야를 경험하고 지식을 갖는 것이 창의적 아이디어를 만드는 데 매우 중요한 역할을 한다. 어릴 적부터 얻어진 경험과 지식을 숙성된 상태의 도구라고 표현한다. 이러한 숙성된 도구는 언제든 새로운 아이디어를 발견하는 데 조력자가 되는 것이다.

필자는 어린이가 다양한 방식으로 자연과 교감하고, 혼자 생각하는 능력을 길러야 한다고 강조하고 싶다. 자연 속에 무한한 상상과 도구들이 있기 때문이다. 필자의 어릴 적 놀이 경험이 지금 분말 펌프를 개발하는 데 매우 중요한 아이디어 씨앗이 되었다는 것을 증명해 준다. 지금까지 아이디어로 제품을 만들고 상품화한 것들의 기사화된 것들의 링크를 올려 본다.

Http://www.sisanewstime.co.kr/news/articleView.html?idxno=4442
Http://www.mtnews.net/m/view.php?idx=8946
Http://www.mtnews.net/m/view.php?idx=6883&mcode=
Http://www.iuchem.com/m/bbs/board.php?bo_table=interview&wr_id=150
Http://www.mtnews.net/m/view.php?idx=11024

최근 서울 신문(2012.6.13.)의 기사에 의하면 멍 때리기 즉, 명상과 참선을 포함한 휴식이 뇌도 필요하다고 한다. 휴식 기간을 가지면 뇌 기억의 입출력 속도가 20배 증가한다고 하고 수면보다 4배 재생 속도가 빠르다고 한다. 또한, 중요한 창의력 또는 기억력은 단순히 열심히 한다고 해서 향상되는 것이 아니라 휴식 즉, 숙성 기간을 통해서 향상된다는 것이다.

창의적 아이디어를 위해 무던히 노력하고 몰입을 하면서 각종 정보를 수집하고 생각을 하고, 그런 후에 휴식 기간이 필요하다. 이 휴식 기간 또한, 바로 숙성 기간인 것이다.

휴식 기간에는 되도록 몰입했던 생각들을 잊고 자유롭고 편안하게 휴식을 취하는 것이 좋다. 그런 환경들은 사람마다 다양하지만, 대표적인 환경이 알려져 있다. 이 휴식 기간을 숙성 기간 즉, 무의식 상태의 숙성 기간이라 말한다. 무의식이라는 것은 몰입된 생각을 잊은 상태를 말한다.

숙성 기간에 걸맞은 환경들은 다양하게 사람마다 다르지만 알려진 내용을 기록해 보면 대표적인 것이 산책을 하는 것이다. 산책은 창의성을 60% 이상 끌어올려 준다는 논문도 나와 있다. 그 밖의 숙성 기간을 예로 들어 보자.

-조용히 쉬고 있을 때

-잠에서 깨어날 때

-목욕할 때

-기차 또는 전철을 타고 갈 때

-화장실에 있을 때

-차를 운전할 때

-운동할 때

-먼 산을 바라볼 때

-친구나 동료에게 이야기할 때

-조용히 독서할 때

-새벽잠에서 깨어 있을 때(필자의 경우)

-꿈속에서(필자의 경우, yesterday 노래)

-카풀을 하면서 대화할 때(넷플릭스)

-손님과 대화할 때(필자의 경우)

우리는 몰입 후의 숙성 기간을 거치면서 좋은 아이디어를 발견하게 된다. 이는 뉴런의 행동과 연계되며 잠재적 무의식의 과정과 약한 연결성을 갖는

메커니즘에 의해 아이디어가 떠오르는 것이다. 전문적인 뇌 과학에 관한 내용은 여기서 생략한다. 좋은 아이디어를 얻고자 한다면 충분한 몰입 과정을 통해 되도록 많은 도구들을 플랫폼화하고 그 도구들의 상호 연결 가능성을 충분히 생각한 후에 숙성 기간을 가져 보면 좋은 아이디어가 떠오를 것이다.

3-4. 융합 & 커뮤니케이션
(Communication)하라

융합은 다양한 분야에서 이루어진다. 지식과 지식의 융합, 다른 전문분야끼리의 융합, 비슷한 성격을 갖는 것끼리의 융합 등 다양한 분야에서 융합은 사용되고 이루어진다.

융합의 시초는 메디치(Medichi) 가문의 역사적 사실로부터 나왔다. 동로마 제국이 멸망할 무렵 이탈리아반도의 귀족 가문에 오스만투르크가 침공하자 동로마 제국을 떠나 메디치 가문에 도착한 수학자, 철학자, 과학자 등이 하나의 방안에서 자연스레 모이게 되었다. 그리고 이런저런 이야기 속에 새로운 생각과 가치가 도출되었다. 그후 포럼을 통해 유럽의 많은 사람을 초청하여 토론했지만, 쉽게 융합이 안 되었다. 그 이유는 개인적인 벽이 컸기 때문이다.

융합을 정의하자면 관계없는 사람끼리 만나 새로운 것을 창조하는 것이다. 개인적 벽이 크기 때문에 쉽게 융합이 안 된다. 좌뇌형 인간과 우뇌형 인간이 서로 융합하기 어렵다. 단, 공동 목표가 있을 때 융합은 이루어진다. 목적을 중심으로 할 때 전문적으로 쪼개진 것을 뭉치게 하여 새로운 조합의 혁신을 이끌어 낼 수 있다. 전문가와 전문가가 합하여 새로운 목표를 설정하여 개혁을 통한 융합이 이루어진다.

융합을 잘하는 사람들의 특징을 살펴보면

첫째, 새로운 것을 좋아한다.

둘째, 모르는 것을 두려워하지 않으며 배우려고 한다.

셋째, BURSTS 즉, 엉뚱한 방향으로 튄다. 뭔가 하려는 이면의 새로운 패턴이 있다.

넷째, 사회적 가치를 고민한다. 즉, 가치 중심으로 생각하고, 거꾸로 생각하는 능력을 통해 융합적 접근에 집중한다. 전문가 대 비전문가의 해석과 전반적인 능력을 융합한다.

다섯째, 해석과 전반적 능력으로부터 융합한다.

융합의 목표 설정이라기보다는 어떤 문제를 먼저 제시하고 각 전문가 및 다른 사람들과의 대화 또는 다양한 소통을 통해 문제의 접근 방식을 찾아 하나하나 접근법을 통찰함으로써 해결을 이루어 내는 과정을 융합이라 생각한다. 융합을 촉진하려면 다양한 경험과 탐구 과정이 필요하고, 무엇인가를 만들기 위해 융합을 돕는 인프라 시스템 즉, 플랫폼을 만들어야 한다. 따라서 플랫폼 속에서 융합을 통해 아이디어를 만들어 낼 수 있다.

위키 백과에 의하면 인문학에서도 융합이 이루어진다. 인문학이란 인간의 사상과 문화를 탐구하는 학문이다. 인문과학 또는 인문학(人文學, Humanities)은 인간과 인간의 근원 문제, 인간과 인간의 문화에 관심을 갖거나 인간의 가치와 인간만이 지닌 자기표현 능력을 바르게 이해하기 위한 과학적인 연구 방법에 관심을 갖는 학문 분야로서 인간의 사상과 문화에 관해 탐구하는 학문이다. 자연과학과 사회과학이 경험적인 접근을 주로 사용하는 것과는 달리, 분석적이고 비판적이며 사변적인 방법을 폭넓게 사용한다.

지금의 시대에는 학문적 융합이 지배하는 세상이다. 발 빠른 기업은 이미 수년 전부터 인문학과 자연과학을 융합하며 새로운 방식의 아이디어를 짜내고 새로운 상품을 개발해 왔다. 그 예로 구글은 인문 학도를 대거 모집하여 기업의 미래 산업을 이끄는 기업으로 꼽힌다. 그런 융합을 통해 아이디어도 만들어진다. 창의적인 사람은 주변의 도구들의 원리를 이용하여 혁신적 아이디어를 창안해 낸다.

기술과 디자인의 융합으로 공포를 극복한 예가 있다. 더그디츠라는 기술자는 MRI를 고안하였다. 어린 소녀가 자신이 만든 MRI를 대할 때, 극도로 공포에 떠는 모습을 보고 그는 MRI를 새롭게 디자인했다. 모험의 해적선으로 둔갑시킨 결과, 어린아이의 공포증은 사라지고 즐거워하는 모습을 보았고 디자인의 변화는 공포증이 치유되는 것을 공포증을 없애 주는 힘을 발휘했다.

커뮤니케이션(Communication) **즉, 소통하라.**

지금까지 경험에 비추어 보면, 의논 안 하고 자동화 장비를 만든 분들이 실패를 하고 나서 필자에게 전화를 한다. 설치를 설명해 보라고 하면 거기서 문제점이 발견되곤 했다. 소통은 매우 중요한 요소다. 아이디어건, 개발이건, 생산이건 소통을 하지 않으면 실패할 확률이 높아진다.

필자는 최근 한 업체의 아이템 발굴을 도와달라는 말에 킨텍스 전시회 중에 손님의 질문을 받은 적이 있다. 그 질문이 왜 필요했는지를 과거의 지식과 경험이 숙성되어 있던 상태에서 즉각적으로 알아차렸기에 협력 업체 사장에게 아이디어를 제공해 준 적이 있다. 손님과의 커뮤니케이션, 협력 업체의 커뮤니케이션이 있었기에 아이템을 쉽게 찾아서 제품화하는 데 도움을 줄 수 있었다.

커뮤니케이션의 어원은 라틴어 '커뮤니스'인데, '공통'이나 '공유'라는 뜻을 띠고 있다. 여기서 알 수 있는 것은 커뮤니케이션이란 용어에는 타인과 함께 나눈다, 공유한다는 뜻이 기본적으로 깔려 있다는 점이다.

커뮤니케이션은 학자에 따라서 다양하게 정의되고 어떤 측면을 강조하는가에 따라 커뮤니케이션을 달리 규정할 수 있다. 다양하게 표현되는 커뮤니케이션을 알아보자.

-하나의 마음이 다른 마음에 영향을 미치는 과정
-자극을 전달하는 과정
-의미의 전달 과정
-메시지의 송·수신 과정
-자극에 대한 유기체의 분별적 반응

한마디로 말하면 "커뮤니케이션이란 하나 혹은 그 이상의 유기체 간의 상징을 통해 서로 의미를 주고받는 과정"이다. 즉, 사람들 간의 주고받는 소통을 의미한다.

아이템 또는 아이디어를 논할 때 정보 공유 집단과 비공유 집단이 토론이 있을 때 정보 공유자는 얻어진 정보를 활용하여 지름길을 찾으려 노력하고, 비공유자는 다양한 길을 이야기할 것이다. 주제에 대한 어느 정도 편견을 갖는 집단이 정보 공유자가 될 것이고, 편견이 없는 상태가 비공유자 집단일 것이다. 이 두 집단이 만나면 해결할 수 있는 방향성이 넓어지고 서로 아이디어를 상충할 수 있는 여지를 남긴다. 이런 커뮤니케이션을 반복하면 아주 자연스럽게 창의적 발상이 되고 좋은 아이디어를 얻을 수 있다.

던바는 "대부분의 중요한 아이디어는 10명 미만의 학자들이 모여 형식에 구애받지 않고 최근의 연구 결과에 대해 이야기를 나누는 데서 혁신의 시작이다."라고 그의 실험 결과를 이야기한다. 혁신의 산물은 현미경의 접시가 아니라 회의 탁자라는 것이다. 던바는 대화는 문제점에 대한 새로운 시각으로 보는 데 도움을 준다는 상호작용을 발견한 것이다. 이러한 대화는 집단적 상호작용을 하기 때문에 서로 다른 전문분야들 사이에서의 획기적인 결과를 낳을 수 있다. 이러한 과정들이 창조성을 높여 주고 있는 것이다. 커뮤니케이션은 아이디어를 발견하는 데 매우 중요한 요소다. 방향성을 알려 주기도 하고, 관점을 바꿔 주기도 하고, 미약한 소통이라도 지인이건 모르는 사람이건 아이디어에 대해 이야기해 보라고 하면 다양한 새로운 시각이 나타난다.

최근 필자는 지인이 아이디어를 찾고 있다고 하여 전시회에서 손님들이 묻는 것을 Why라 생각하고는 그 지인에게 알려 주었다. 지인은 좋은 아이디어라고 말한다. 아이템을 찾고 있었지만, 우연히 알려 준 것이 결국 지인의 중요 아이템이 되어 기술을 접목한 제품을 만들기로 했다는 것이다. 이렇듯 단순할지라도 소통하라. 그러면 새로운 환경을 만나게 된다.

3-5. 연결 가능성(Connection Possible)을 탐구하라

필자는 Adjacent Possible을 Connection Possible로 바꾸어 설명한다. 연결성에 더 가까운 발명 이론이기에 여기서는 연결 가능성이라고 해석해 본다. 연결 가능성은 선택 가능한 환경적 경계에 있는 모든 것과의 연결을 말한다. 즉, 우리가 살고 있는 환경 속의 모든 것과의 연결성이다.

과학자 스튜어트 카프만(Stuart Kauffman)은 1차적 결합들을 인접가능성(Adjacent Possible)이라 불렀다. 필자는 연결 가능성(Connection Possible)을 가리킨다.

진화론자들은 태초에 생명체가 없던 지구에는 암모니아, 메탄, 물, 이산화탄소, 약간의 아미노산, 기타 간단한 유기화합물 등이 대부분을 차지하고 있었다고 한다. 이들은 각각 다른 분자들과 서로 충돌하면서 자연스럽게 새로운 결합을 만들었다. 예를 들어 메탄과 산소가 결합해 포름알데히드와 물을 만들었다. 진화론자들은 이러한 1차적 결합을 생명의 탄생이라고 한다. 연결 가능성은 더 큰 세계를 '탐구'할 수 있는 혁신의 공간을 말하는 것이다.

1) 주변 도구와 연결하라

1870년대 후반 파리의 한 산부인과 의사 에띠엔 스테판 타르니에(Etienne Stephane Tarmir)는 휴가 중 근처 동물원을 찾았다. 정원을 거닐던 중에 갓 부화한 병아리들이 부화기 내부에서 쓰러질 듯 비틀거리는 모습을 보는 순간, 아이디어가 떠올랐다. 당시 사회는 5명 중 1명꼴로 아기 사망률이 높았다.

타르니는 사망률을 낮추려면 온도를 조절하는 것이 관건이라는 사실을 발견했고, 나무상자 밑에 뜨거운 물병을 놓아 저체중인 아기의 몸을 따뜻하게 하는 신생아 인큐베이터를 개발했다. 이로 인해 생후 일주일 내 사망률을 66%에서 38%로 떨어뜨릴 수 있었다. 타르니의 인큐베이터는 인류 최초 인큐베이터가 되었다.

로젠 박사의 인큐베이터 발명 이야기에는 자동차 부품 즉, 전조등으로 온기를 공급하고, 환풍기를 공기 순환용으로 사용하고, 초인종을 경보음으로 사용하고, 전원은 개조한 라디에이터나 오토바이 배터리를 이용하였다. 즉, 후진국에서의 환경은 열악하기에 그 환경에서 얻을 수 있는 부품들로 인큐베이터를 만든 것이다. 최초의 인큐베이터를 네오너추어(Neo-nurture)라 불렀다.

우리 주변에도 연결 가능성이 있는 것들이 유기적 네트워크 안에 존재한다. 필자의 아이디어에서도 있다. 처음 커피에 관심을 가진 것은 아로마 향이었다. 아로마와 커피를 연결하고, 아로마커피를 알게 되었다.

그로 인해 사향고양이 커피를 연결 짓게 되었고, 사향고양이 배 속에서 커피는 어떻게 진화되었는가를 생각하게 되고, 그런 원리가 뭐가 있을까를 찾다가 발효를 알게 되었다. 이렇듯 연결 가능성을 이어가다 보면 아이디어가 나오는 것을 확인하게 된다.

또한, 분말 펌프를 발명하게 된 것도 연결 가능성을 이어갔던 것이다. 어릴적 주름관 파이프를 가지고 놀았던 것을 회상하게 되었고, 그를 통해 샤워기의 줄이 주름진 것을 연결해 보았고, 나무 막대기가 주름관 속에서 빠르게 진행한다는 것을 알았고, 포의 포신 내부가 주름을 가진 나선형이라는 것을 연결했다. 이러한 도구들의 연결고리로부터 고점도 액상 이송에 적합하다는 것을 알게 되고, 고체와 분말을 연결 지음으로써 분말 펌프의 원리를 찾아냈다. 연결에 연결 가능성을 조합하다 보면 아이디어가 떠오르는 것을 경험을 통해서 알 수 있었다.

이러한 실제 예들은 연결 가능성에서 기인한 아이디어인 것이다. 결론적으로 말하면 현재와 미래의 경계면에 있는 도구 중에서 선택적 연결을 하는 도구들의 조합 가능성을 연결 가능성이라고 말한다.

3-6. 창의적 아이디어 7가지 개발 기법과 4가지 요소

창의적으로 아이디어를 생각해 내는 방법이 무엇일까? 생각해 본 적이 있을 것이다. 막연하게 돈 되는 아이디어를 찾는 것보다는 뭔가 방법을 알고 나름대로 본인이 관심 가는 방법으로 그 아이디어에 다가가는 것이다. 무수히 많은 아이디어를 발산하는 방법이 있지만, 아이디어가 어떤 과정이냐에 따라 방법론으로 어떻게 접근할지를 주목해야 한다. 필자는 돈 되는 아이디어를 빨리 얻기 위한 방법을 몇 가지 나름대로 소개해 보고자 한다.

창의적 아이디어 7가지 개발 기법

① **연합**(Associating): 관련성이 없는 질문, 문제 또는 아이디어와 연결하기 위해 다른 영역에서 영입할 수 있는 능력

② **질문**(Questioning): 일반적인 생각과 지혜에 도전할 수 있는 질문 능력. 혁신적인 사업가는 "왜?" "왜 아니지?" 그리고 "만약이라면?"이라는 질문

③ **관찰력**(Observing)**:** 인류학자나 사회과학자와 같이 다른 사람들의 태도를 면밀하게 관찰하면서 행동할 수 있으며, 아이디어로 돌파할 수 있는 능력

④ **실험정신**(Experiment)**:** 새로운 아이디어를 적극적으로 시험해 보고자 하는 마음

⑤ **네트워크**(Networking)**:** 다른 관점이나 아이디어를 소유한 개인 혹은 다양한 영역의 사람들과 상호작용하는 것 즉, Communication을 충분히 활용한다.

⑥ **융합**(Amalgamation)**:** 전문분야가 다른 관계없는 사람끼리 만나 새로운 것을 창조하는 것이다.

⑦ **생각의 그물**(Mind Map)**:** 생각 그물이라는 도구는 그물을 엮는 것처럼, 생각 그물은 비전이나 목표하는 결과와 관련된 다양한 과제를 충분히 검토해 본다는 데 의의가 있다.

생각 그물은 과제를 말로 표현하는 것이 얼마나 구체적인지 혹은 추상적인지에 따라서 여러 가지의 이론적 단계와 관련된 과제에 대해 새롭게 검토해 볼 수 있도록 도와준다. 여기서는 두 가지 기본적인 질문을 통해 과제를 보는 방법들을 추가해 나간다. **"왜?" "무엇이 방해 요인인가?"**이다.

"왜?"라는 질문은 더 광범위하고 추상적인 고차원적 과제를 생성하는 것이며, "왜?"라고 질문하고 그 대답은 과제 진술문으로 답변해 가는 것이다. 무엇이 방해 요인인가? 라는 질문은 더 구체적이거나 조직적인 과제를 생성한다.

생각 그물의 효과는 추구하는 결과와 관련된 여러 가지 과제를 시각화하여 신속하고 효과적으로 볼 수 있게 한다. "왜?"와 "무엇이 방해요인인가?"라는 질문으로 매우 다른 이론적 수준에서 과제를 파악하도록 도와준다.

생각 그물의 장점은 이유에 대해 질문하고 그물을 만들어 가면서 때론 자기가 중요하다고 생각하는 목표가 실제로 다른 목표에 의해 가려지지 않는가를 발견한다. 최초 목표를 확인시켜 주고 해결해야 할 중요한 과제들을 지도로 만들어 한눈에 볼 수 있게 해 준다.

창의적 발상의 4가지 요소

① 준비 단계: 문제점 파악의 단계로 조사와 문제를 의식하고 모으는 단계이다.

② 부화 단계: 숙고(몰입)의 과정 즉, 의식적으로 준비 단계에서 파악된 문제점들을 의식 속에 간직한다. 즉, 잠재의식을 끌어내는 단계로 의식적으로 몰두하지 않는 단계로 행동은 안 하지만 준비 단계의 생각 자체로 머문 상태이다. 다시 말하면 숙성의 단계라고 볼 수 있다. 주제에 한정해 무의식의 단계로 진입하는 것이다.

③ 조명 단계: 아이디어가 나타나는 단계로 아마도 무의식에서 의식으로 돌아오면서 아이디어가 깨어 나오는 단계이다. 어느 날 문득 아이디어가 떠오른다. 방법론적으로는 사람마다 다양하다. 꿈속, 일상생활 등 다양한 형태로 나타난다.

④ 검증 단계: 실제 문제점과의 비교 내지 확인을 통해 해결책을 제시한다. 즉, 원리, 실용성 등을 활용한다. 얻어 낸 아이디어를 프로토타입의 형태로 만들어 내는 것이다.

위와 같은 방법을 통해서 돈 되는 아이디어를 쉽게 빠르게 생각해 낼 수 있다면 하루에 많은 아이디어를 얻게 되고, 효과적인 아이디어를 연결할 수 있을 것이다. 아이디어는 아주 다양한 형태와 방법으로 나타나기에 지름길을 알면 좀 더 빠르게 효과적으로 돈 되는 아이디어를 창안할 수 있다.

4장

창의적
아이디어
확산과
수렴

4-1. 확산적 사고

창의적 생각을 개발하기 위해서는 사고의 전환이 필요하다. 확산적 사고로 많은 양의 아이디어를 생산하고, 대안의 아이디어를 위해 판단을 유보한다. 또한, 원리와 연관성으로 서로 연결 짓기를 한다. 그렇게 함으로써 참신한 아이디어를 추구하게 된다. 판단의 유보로 성급한 판단으로부터 대안을 제시할 수 있고, 인식을 확대하고 가능성을 확보하며 개방적이고 새로운 아이디어를 받아들임으로써 사용 가능한 확장을 선택할 수 있다. 따라서 새로운 여러 가지 아이디어를 바라볼 수 있는 관점을 가질 수 있다.

많은 아이디어를 제시함으로써 그중의 하나는 돌파구가 되고, 독창적인 아이디어를 확보할 수 있다. 더 많이 생각할수록 더 많이 배우고 주관적 판단보다는 객관적 판단으로 문제를 해결할 수 있다.

미국의 심리학자, 조이 길포드에 의해 확산적 사고의 개념이 제안되었다. 그는 창의성이란 창의적 성취를 가능하게 하는 정신 능력이라고 정의하고, 창의적 성취와 사고에는 발산적인 생각이 범주에 포함된다고 보았다. 발산적 사고는 주어진 정보에서 또 다른 정보를 생산해 내는 것이다. 확산적 사고는 문제에 대하여 가능한 여러 가지 답을 다양하게 제시하도록 하는 사고의 형태로, 자유롭게 질문 및 답변을 통해 창의적인 발상을 유도하는 것이다.

예로서 Capital One은 2000년에 45,000개의 아이디어 중에 선택된 신용카드이다. 또한, 1998년 IDEO 장난감은 4,000개 아이디어 중에서 12개를 상품화했다.

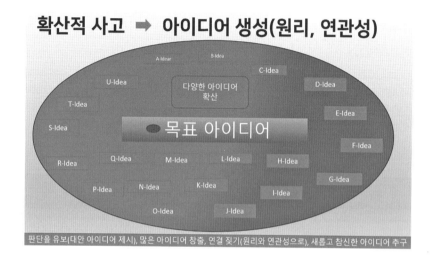

[4-1] 확산

연결 짓기는 개인의 생활 속에서, 조직 또는 팀 속에서 적용할 수 있으며, 장점으로 특별한 대책이나 해결책을 찾아낼 가능성이 크고, 유연한 사고력을 갖게 된다. 또한, 처음의 아이디어를 더 정교하고 확장하게 함으로써 융합을 할 수도 있고, 새로운 아이디어를 다듬거나 다른 사람의 아이디어나 정보를 받아들여 새로운 융합적 접근을 할 수 있다.

참신함을 추구함으로써 색다른 실용적 아이디어나 돌출을 이끌어 내고, 집단 안에서 창의적이고 즐거움을 조성해 나갈 수 있다.

예로는 Post-It, 이것은 3M에서 다른 물질과 잘 접착이 안 되는 것을 착안하여 발견된 제품이다. 그림 4-1은 확산적 사고를 도식으로 표현한 것이다.

확산의 방법들은 많이 있으나 대표적인 것이 브레인스토밍 방법이다. 여기서는 4-4에서 함께 아이디어 발상 기법에서 소개하고자 한다.

4-2. 수렴적 사고

수렴적 사고는 1950년대에 미국의 심리학자 조이 길포드(Joy Guilford)에 의해 확산적 사고와 수렴적 사고가 제안되었으며, 확산된 아이디어를 선정하기 위한 방법으로 다양한 방법을 활용하여 분석·평가하고 수렴하여 최종적으로 가장 적합한 문제를 선택하는 사고의 유형이다.

목표 확인을 위해 수렴적 사고에는 수렴적 사고와 참신성이 병렬적으로 균형을 유지하여 창의성과 참신성을 가져야 한다. 또한, 창의성과 현실성을 포용해야 한다. 선정된 것들은 사회적 유용성을 고려한 패러다임의 확장 내지 새로운 패러다임을 만든다.

[ex] Post-It 이다.

수렴적 사고의 마지막 단계로 집중을 유지해야 한다. 대안의 20%를 가장 좋은 결정을 해야 한다. 수렴하는 동안 집중력을 유지하여 비판적 분석과 직관적 통찰을 균형 있게 유지하여 모색하고 결정은 객관적 판단과 직관적 통찰력으로 결정한다.

[ex] 목수는 두 번 재고 한 번에 자른다. 검토와 실험을 통해 좋은 대안을 모색하는 것이다.

새로운 아이디어의 긍정적 접근을 통해 단점보다 장점에 치중하고 발전적 아이디어를 더더욱 향상할 수 있는 Feedback을 실시하고, 비판은 삼가야 한다. 또한, 마지막 수렴 단계로 참신한 아이디어를 성급하게 포기하지 않도록 해야 하며, 호기심을 가지고 개방적으로 유도하여 새로운 발견과 연관성 있는 우연한 발견까지 이루어 내는 것이다.

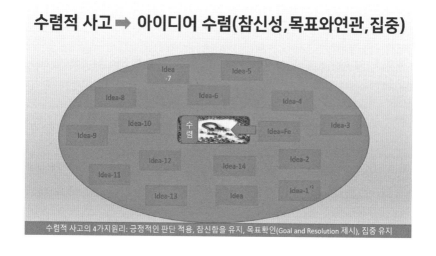

[4-2] 수렴

[ex] Buffalo China(Larkin 비누 회사) Buffalo Potary 비누 마케팅에 참나무 책상을 덤으로 주는 마케팅 전략, 참나무 책상이 제품보다 비싸지만 비누를 100개 사면 덤으로 주는 참신성으로 대박을 이루어 낸 케이스다.

1) 수렴적 사고 기법의 종류

수렴적 사고 기법에는 하이라이팅(Highlighting) 기법, PMI(Plus, Minus, Interesting) 기법, PPC(Positive, Possibilities, Concerns) 기법, 고든법(Gordon Technique)등이 있다.

① 하이라이팅 기법

몇 개의 범주로 압축하여 분류하기 위한 기법이다.

> 첫째, 히트(Hit)를 찾는다(가장 그럴듯한 것에 번호 기입).
> 둘째, 서로 관련 있는 히트들을 같은 것끼리 묶는다.
> 셋째, 핫스팟(Hotspots)을 발견한다(구체적 이슈나 주제로 된 묶음을 핫스팟으로 선별한다).
> 넷째, 핫스팟을 재진술한다.

② PMI(Plus, Minus, Interesting) 기법

확산하여 얻어진 아이디어를 수렴하는 방법으로 아이디어의 장점(P), 단점(M), 흥미로운 점(I)으로 분류하고 장점과 흥미로운 점에서 우선 선정하여 아이디어를 평가하는 기법이다. 이 방법은 각각의 아이디어를 집중적으로 분석해 보고자 할 때 효과적이며 간단하게 적용하기 쉽다. 장점을 논의할 때에는 장점만, 단점을 논의할 때에는 단점만 집중적으로 논의함으로써 논의된 결과를 모아 놓고 최종적으로 판단한다.

③ PPC(Positive, Possibilities, Concerns) 기법

다음백과에 의하면 선뜻 선명한 장단점을 구분하기 어려운 아이디어에 대해 긍정적인 면(P), 가능성이 있는 면(P), 염려스러운 면(C)으로 구분하여 이야기해 보는 대화 기법이다. 이 기법을 사용하면 너무 성급하거나 극단적으로 판단하는 것을 막을 수 있으며, 아이디어가 가지고 있는 모순점을 보완하여 문제 해결을 위해 더 완벽한 계획을 세울 수 있다.

④ 고든법(Gordon Technique)

다음백과에 의하면, 문제에 대한 광범위한 접근에서 얻어진 해결책을 문제에 직접 관련지음으로써 구체적인 해결책을 강구하는 방법이다. 특히 리더가 유능하고 참가자들도 훈련되어 있을 때 매우 효과적이다. 브레인스토밍과 달리 문제를 바로 제시하지 않고 그 문제와 직접적으로 관계가 없는 멀고 폭넓은 추상적인 문제를 제시하는 것으로부터 시작한다. 원래의 문제를 알고 있는 사람은 리더뿐이며, 리더는 크고 추상적인 문제로부터 작고 구체적인 문제로 구성원을 유도해 나간다.

이와 같이 확산적 사고로 얻어진 아이디어를 수렴적 접근을 통해 아이디어의 옥석을 가리는 것으로 아이디어 특성에 따라 적절한 방법을 선택하여 사용하면 된다.

4-3. 창의적 아이디어 발상 4단계

제임스 웹 영의 아이디어 발상의 4단계는 광고나 마케팅, 제품 개발 전문가들 사이에서 실제 사용하는 방식이다.

1) 1단계(조사 단계)

가장 중요한 단계로 많은 정보를 수집하여야 한다. 먼저 아이디어 목적을 명확히 하고, 아이디어가 나올 수 있는 기본적인 자료를 생각하고, 다양한 원리와 접근성 있는 자료를 찾아내는 역량을 가져야 한다.

역사적으로 보면 유명한 발명가들은 수집광이었다. 자료의 수집은 광범위하게 이루어지기도 하고, 목적에 맞게 수집을 집중화해서 자료를 수집해야 한다. 일반 자료뿐만 아니라 특정 목적 자료도 모으는 것이 중요하다. 필자의 경우는 모르는 것, 특별한 원리, 특별히 가치 있는 내용을 새로운 생각이라는 노트에 메모하고 모으고 있다.

잘 알려진 에디슨은 발명을 위해 엄청난 자료들을 수집했던 것으로, 전구를 발명했을 때의 방대한 양의 자료를 수집했다고 알려졌다. 그는 필라멘트에 적합한 재료를 찾기 위해 금속 재료 6천 종, 동물 재료 2천 종, 식물 재료 2천 종까지 모아서 실험했다고 알려져 있다.

2) 2단계(분석 단계)

관점의 포인트를 찾아내야 한다. 즉, 핵심 포인트 찾기다. 자료를 충분히 생각하고 이유, 근거, 당위성을 판단한다. 수집한 자료를 바탕으로 아이디어의 결론을 이끌어 내야 한다. 관점은 다양하게 접근할 필요가 있고, 관점에 따라 방향이 완전히 달라질 수 있다. 실제 필자는 와이프 잔소리로 인해 관점을 완전히 다르게 바꿈으로써 커피와 관련된 특허를 가지게 되었다.

자료를 분석하는 방법으로는 다양한 방법이 있지만 가장 기본적인 방법은 아래와 같은 방법들이 있다.

-크기를 축소 확대하여 달리해 본다.
[ex] 고래를 금붕어만 한 크기로 줄여 보거나 큰 우주로 상상한다면?

-형태를 변화하거나 물성을 변화시켜 본다.
[ex] 수박이 복숭아나 바나나처럼 길쭉하거나 둥글다면?

-집합과 분리해 본다.

[ex] 모으거나 배열을 달리한다면?

-수량화 또는 계량화한다.

[ex] 호수는 캔 맥주 몇 개분일까?

-이질적 요소를 추가한다.

[ex] L 백화점의 알록달록 무늬의 여자 모델

-보는 위치(관점)를 달리하여 본다.

[ex] 우주에서 볼 것이냐 한 모퉁이에서 볼 것이냐.

-비유 또는 유추하여 본다.

[ex] 기업 TV 광고문- "인간과 호흡하는 첨단 기술"

-제품을 자르기도 하고 방향을 틀어보기도 한다.

위 항목들을 생각하고 구상한 것을 반듯이 메모하여 정리하면 쉽게 융합을 할 수 있다.

3) 3단계(부화 단계)

아이디어를 낼 마음의 준비를 한다. 아이디어로부터 자유로운 단계로 완전히 몰입했던 것들을 머리에서 비운다. 즉, 숙성의 시간을 갖는 것이다. 아무 생각이 없을 때 문득 아이디어가 떠오른다. 아이디어는 이전 단계에서 몰입의 단계를 거친다. 그 몰입 뒤에는 반드시 뉴런이 다른 뉴런과의 상호작용하여 가장 좋은 길을 찾도록 휴식의 기간이 필요한 것이다. 우리가 김치를 담가도 발효가 되어야 최상의 맛이 나고, 발효 과정이라는 숙성 기간이 필요하듯이 발효되고 소화되는 단계가 숙성의 단계이다. 또한, 창조적 탐구 과정에서 잠재의식을 활용해야 한다. 만약 일을 미루어 두고 있는 상황이라면, 책을 보고 영화를 보아도 마음 한구석이 무거울 것이다. 이것은 잠재의식이 무의식 중에 작용한다는 증거다.

몰입에서 벗어나 일상의 편안한 상태로 돌아오는 것 즉, 잠재의식으로 전환 시키는 단계(머리를 식히는 단계)로 되돌리는 것이다. 숙성의 시간에는 산책하거나, 극장에 가서 영화를 보거나, 음악을 듣고 시를 읽거나, 화장실에서 용변을 보거나, 목욕을 하거나 잠자리에 들기 직전이나, 잠에서 깨어날 때 등일 수 있다. 이 기간에 무언가 퍼뜩 스치고 지나가는 것이 있을 것이다. 아이디어가 발효되어 현상으로 나타나는 것이다. 전혀 생각지도 않던 때에 갑자기 아이디어가 떠오르는 것을 경험하게 된다.

1972년 전 일본 방송 광고 회사가 실시한 "어떤 때에 아이디어가 떠오릅니까?"라는 설문 조사 결과에 따르면 아래와 같은 결과가 나왔다.

1위 잡담, 또는 대담할 때
2위 교통수단(전차, 자동차)을 타고 갈 때
3위 독서할 때
4위 영화나 TV를 볼 때
5위 목욕탕이나 화장실에서

위의 결과를 유심히 들여다보면 1위가 Communication이다. 어떤 형태의 커뮤니케이션이 되었든 Communication은 아이디어의 방향성을 다양하게 제시해 주고, 미처 생각지 못한 부분을 일깨워 주는 역할을 한다.

나머지 2위에서 5위까지는 숙성의 시간(잠재의식에 돌입)이다. 일상을 즐기는 가장 편안한 휴식 속에서 생각해 두었던 아이디어가 무의식에 빠지게 하는 단계로, 숙성 기간에 뉴런은 1조억 개 이상의 다른 뉴런들과 정보를 주고받는 기간을 갖는다. 이것이 바로 숙성의 시간인 것이다.

4-4. 아이디어 발상 기법과
　　 문제점 해결 방법

창의적 아이디어 발상 기법은 기존에 널리 알려져 있다. 기존의 원리를 알고 활용함으로써 창의적 아이디어를 찾아내는 데 도움을 줄 수 있다. 다양한 원리를 알아 가면서 더 빠르게, 더 효과적인 방법으로 아이디어를 발상하는 데 도움이 되었으면 한다. 아이디어 발상법을 몰라서 아이디어를 찾지 못하는 것은 아니지만, 경험과 사실을 가능한 한 많이 열거, 정리, 체계화, 재배열 등을 효과적으로 하기 위해서는 기존의 방법들을 알아 두면 좋겠다.

또한, 창의적 문제 해결 발상 기법에는 몇 가지 알려진 방법이 있으며, 이 방법을 기초로 문제를 파악하고 해결하는 방법을 찾는 데 도움이 될 것이다. 아이디어를 창출하거나 기능적 방법을 해결하고자 할 때는 유용하게 이용될 수 있다. 주로 제품의 개선점을 찾거나 문제점을 파악하고 해결하는 데 이 같은 방법들을 이용하면 많은 도움이 될 것이다. 여기서는 여러 참고 자료로 간단하게 정리하여 알려진 방법들을 간단하게 소개하고자 한다.

첫째, 창의적 아이디어 발상 방법이다. 여기에는 많은 종류의 기법들이 있다.

① **KJ-법**(KJ-Mapping)

무엇이 문제인지 정확하게 알 수 없을 때 현상이나 문제점을 정리하여 종합해 나가는 것이다.

② **여섯 색깔 모자**(Six Thinking Hats) **기법**

두뇌는 한 번에 하나씩만 집중적으로 초점을 맞춰 활동하기 때문에 두뇌 활동의 효율이 올라간다는 이론에서 나온 기법이다. 초록 모자 시간과 검은 모자 시간이 멀리 떨어져 있다는 점이 창의적 발상법으로서 여섯 색깔 모자가 가지는 특징에 따라 각 항목을 부여하여 말하게 하는 방법이다. 자신의 생각을 버리고, 의도적으로 다른 생각을 하게 함으로써 폭넓은 사고력을 신장하는 기법이다.

③ **아이디어 익스체인지**(Idear Exchange) **방법**

아이디어 익스체인지는 좋은 아이디어를 만들 수 있게 하는 연결성을 제공하는 방법 중 하나다. 구글은 아이디어 익스체인지를 통해 개인에게는 호기심을 자극하고, 더 나은 아이디어를 제공하고, 그 아이디어는 집단의 다른 아이디어와 연결되어 뜻밖의 발견을 만들어 내는 데 사용된다.

④ **지그재그 창의력 기법**

워싱턴대학교 심리학과 교수인 키스 소여가 2013년 쓴 《지그재그: 창의력은 어떻게 단련되는가?》란 책에서 소개된 개념이다.

이 기법은 8단계로 구성된다. **질문하기, 학습하기, 보기, 놀기, 생각하기, 융합하기, 선택하기, 만들기**로 진행한다. 모든 창의적 사고의 원천은 질문부터 시작하여 최종적으로 창의력을 실현하는 단계다. 무작위로 해도 무방하고 질문은 또 다른 생각으로 이어지기 때문에 중요하며, 놀다가 멍하니 하늘을 바라볼 때 새로운 것이 떠오르기도 한다. 스티브 잡스도 평상을 즐기고 산책을 즐기며 회의를 한다. '그는 왜 안 되지?'라는 질문을 던지고 융합을 생각해 냈다.

멍 때리기에 빠질 때 인간의 두뇌는 전전두엽, 두정엽의 부위가 활성화되어 오래된 기억이나 예측 능력을 높여 준다는 것이다. 이런 방법으로 창의력을 발산한 인물은 '스타벅스'라는 거대 브랜드를 창조해 낸 하워드 슐츠와 스마트폰 개발로 인간의 삶을 바꾼 '애플'의 스티브 잡스가 대표적인 예다.

⑤ **체크리스트법**

생각을 빠트리지 않고 일람표를 만들어 대조해야 할 것들을 체크해 나가며 아이디어를 떠올리는 것이다.

---

1. 다른 용도는?

2. 차용(다른 분야 적용), 응용한다면?

3. 수정방법을 모색한다면?

4. 확대해서 뭔가 적용한다면?

5. 축소해서 적용한다면?

6. 대용하여 바꾸어 본다면?

7. 교체해 본다면?

8. 반대로 적용한다면?

---

⑥ **브레인 라이팅**(Brain Lighting) **기법**(6.3.5 기법)

자신의 입장을 말하기 꺼리는 사람들의 아이디어도 취합할 수 있다는 장점이 있으며, 다른 사람의 의견을 비판하지 않아야 하고, 다른 사람의 의견을 참고하여 더 좋은 아이디어를 제시하는 발명 기법으로 4~6명 정도 참여하여 진행한다.

⑦ **브레인 스토밍**(Brain Storming) **기법**

가장 많이 사용되는 발상 방법으로 가능한 많은 아이디어를 확산하도록 하는 기법이다. 여기에는 원칙이 존재한다.

- 비판, 평가 금지의 원칙: 상대방이 내는 아이디어에 대해서 결코 비판하지 않는다.
- 자유분방의 원칙: 좋은 아이디어는 자유로운 분위기에서 나올 가능성이 높기 때문에 브레인스토밍을 할 때는 최대한 자유로운 분위기를 조성하도록 노력한다.
- 질보다 양 우선 원칙: 아이디어의 질이 낮더라도 많은 양의 아이디어를 제시하는 것을 더 중요시한다.
- 타인의 아이디어에 더 좋은 생각을 보태어 보다 나은 아이디어를 만들어 간다.
- 통합과 개선의 원칙: 모인 아이디어를 마인드맵을 통해 친화도를 분석하여 같은 부류끼리 분류하고, 10개 정도를 선정하여 구체화하고, 아이디어를 종합해서 모든 구성원들이 이를 확인하고, 부족한 아이디어는 개선해 나간다.

⑧ 강제 결합법

말 그대로 관련 없는 개념들을 강제로 결합해서 새로운 아이디어를 만들어 내는 기법이다. 이 방법은 먼저 과제를 정확히 인식하고, 과제와 관계없는 대상을 선정한 후 대상에 대한 특성을 파악하고, 대상과 과제를 강제 결합해 본다. 반복적으로 이 과정을 실행하여 같은 방법으로 결합을 계속해 본다. 그런 후에 다른 감각과 틀을 사용한다.

⑨ 아이디에이션 워크숍(Ideation Workshop)

이 방법은 오랜 시간 또는 기간에 걸쳐 이루어지고, **자극제와 아이디어 플랫폼**을 가지고 방향성을 제시하고 가급적 많은 아이디어를 만들어 내야 한다.

우버 택시는 개발도상국의 승합버스가 자극제가 된 것이다. 이 자극제를 제시함으로써 생각의 강(River of Thinking)에 갇혀 있는 우리를 벗어나게 하는 것이 자극제이다.

* 뇌와 창의성 연구가, 에드워드 드보노가 제시한 생각의 강(River of Thinking)의 의미는 정신세계를 산에 비유한 것이다. 새로운 경험이나 독서를 통한 정보가 산 위의 빗방울처럼 떨어져 과거의 유사한 정보나 경험의 정보가 모인 방으로 보내진다. 이 빗방울들이 모이고 쌓이면 여러 갈래로 크고 작은 생각의 강을 갖는다는 것이다. 따라서 자극제는 아이디에션 워크숍에서 매우 중요한 요소다. 자극제를 찾는 방법은 뒤집어 보기 즉, "만약 ~라면(what ~if)"을 활용하라, 혁신에 매우 중요한 물음표다.

⑩ OCU법

어떤 방법으로든 수집된 아이디어를 재분류하는 2차 발상법이다. 수집된 아이디어를 카드에 기록 후 문제 해결이 유사한 방법들을 분류하는 것이다. 이때 같은 유형에는 O(Original), 평범한 것에 C(Common), 유용한 것에 U(Useful)로 표기하여 정리하고 활용하기 위한 방법이다.

⑪ 매트릭스법

노병주 컨설턴트 혁신 이야기에 의하면 이미 알고 있는 사항을 종축과 횡축으로 분류하고 모든 배열에서 이미 알고 있는 것과 해결을 아직 못한 것을 분석적으로 검토하는 방법이다.

⑫ 마인드 맵(Mind Map)

보편적으로 다양하게 많이 이용되는 기법으로 핵심 단어나 주요 개념(Key Concept)을 중심으로 상호 연결 및 연관에 의해서 종합적으로 사고한다는 이론에 바탕을 둔 기법이다. 두뇌 속에 숨어 있는 내용을 쉽게 이끌어 낸다는 장점이 있고, 또한, 스캠퍼와 같은 다른 기법과 결합하여 사용해도 좋다. 1단계 중심 단어, 2단계 주가지, 3단계 부가지, 4단계 세부 가지, 5단계 지속적 연관 관계로 만들어 가면 된다.

⑬ 시넥틱스(Synectics)법

이 기법은 상상력을 동원해서 특이하고 실질적인 문제 전략을 이끌어 내는 데 사용하며 어떤 주제를 생각할 때 기능이 같은 것을 생각해서 사물을 고안하고 그 사물을 생각해서 주제에 연결 유추의 방법을 활용하여 아이디어를 찾아내는 방법이다. 예를 들면, 스태미너 하면 생각나는 것은 방울뱀, 뱀장어, 돌고래, 박쥐는 레이더, 돌고래는 잠수함 등과 같이 기능이 같거나 비슷한 것을 유추하는 것이다.

위에서 열거한 방법들을 동원하여 아이디어를 낼 수도 있지만, 일상에서 우연히 떠오르는 직관이나 상상력으로도 창의적인 발상은 항상 존재한다. 정형화된 방법론보다는 일상에서 필자가 관심을 갖는 분야에 평소 관심을 가지고 막연히 뭘 해 보고 싶다거나 하면 좋겠다는 것을 머릿속에 잠재해 두고 사물을 본다면 어느 순간 아이디어가 떠오를 것이다.

둘째, 문제 해결 방법

① 5 Whys 기법

5Whys 기법은 1970년대 일본 도요타 Taiichi Ohno가 체계적인 문제 해결을 위해 고안한 도구로 세계 최고의 자동차 회사로 거듭나기 위해 사용한 전략이며, 근본적인 원인을 발견하고, 시간과 예산을 절감하면서 해결하는 방법이었다.

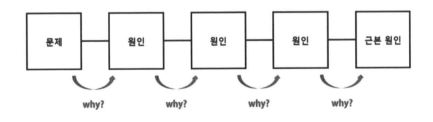

[4-3] 5 Why

실생활분만 아니라 생산 현장, 품질 부서 등에서 직원들끼리 문제를 공유하여 해결해 나가면서 원활한 의사소통을 하고, 친밀감을 느끼게 한다. "왜"를 반복함으로써 원인에 대한 결과를 확실히 찾을 수 있다는 장점이 있다.

적용 사례 <제퍼슨 기념관(Jefferson Memorial)>

첫 번째 질문은 왜 대리석들이 빨리 부식될까?
=> 직원들의 첫 번째 질문에 대한 대답은 대리석을 비눗물로 자주 씻기 때문에 부식이 발생한다고 하였다.

두 번째 질문은 왜 비눗물로 자주 씻는가?
=> 질문 대답은 비둘기 배설물 때문에 비눗물로 자주 씻는다고 하였다.

세 번째 질문은 왜 비둘기들이 많이 오는가?
=> 질문 대답은 비둘기의 먹이인 거미가 많이 오기 때문이라고 하였다.

네 번째 질문은 왜 거미들이 많이 오는가?
=> 질문 대답은 거미들의 먹이인 나방이 많이 오기 때문이라고 하였다.

다섯 번째 질문은 왜 나방은 몰려드는가?
=> 질문 대답은 황혼 무렵 점등되는 기념관 불빛이 원인이라고 하였다.

제퍼슨 기념관장은 황혼 무렵 점등을 일찍 켜서 주변의 나방이 몰려든 것이 제퍼슨 기념관 대리석 부식의 근본 원인이라는 것을 알고 기념관의 전등을 2시간 늦게 켜서 대리석 부식의 원인을 해결했다.

② 트리즈(TRIZ) 기법

이 기법은 러시아 기능공에 의해 고안된 것으로, 주어진 문제의 가장 이상적인 결과를 얻어 내는 데 관건이 되는 **모순**을 찾아내고, 이를 극복함으로써 혁신적 해결안을 얻을 수 있는 창의적 문제 해결 방법론이다. 세계 특허 150만 건 중 창의적 특허 4만 건의 특허 자료 및 다양한 기술 시스템의 발전 역사를 연구, 분석, 검토한 결과 문제를 도출하였고 이를 해결하는 방법론이기도 하다. 최초에 불합리하거나 불편한 문제를 해결하고자 할 때 40가지의 원리에 각각 적용해 봄으로써 더욱 다양한 발상을 할 수 있도록 도움을 준다는 점에서 매우 유용하다고 생각된다.

트리즈의 기본 원리로는 4가지로 요약되고, 하나 이상의 모순이나 타협점 없는 상충점, 이상적 해결책, 혁신적 해결 자원들일 것이다.

-발명 문제: 발명에는 하나 이상의 모순을 포함한다.
-발명의 수준: 엔지니어가 접하는 문제의 90% 이상이 이전 다른 분야에서 해결된 것이다.
-발명의 유형: 해결책을 기술적인 관점이 아닌 일반적이고 약간 추상적인 언어로 표현한다. 자세한 방법론은 여기서는 생략하며, 이런 기법이 있다는 정보만을 제공한다.

모순행렬표, 40가지 발명 원리, 39가지 표준 특징 등을 활용하여 제품 개발 단계 및 공정상의 문제점 해결, 신상품 Concept 도출, 원천 특허 확보를 위한 도구로써 사용될 수 있고, 기타 다양한 분야에 응용할 수 있을 것이다.

③ WOIS

WOIS는 독일의 특허로 공개되지 않은 이론이라서 여기서는 소개만 해 보고자 한다. 슈타인바이스 기술혁신센터 홈페이지에 보면 기본적인 개념은 아래와 같다.

"추구하는 두 가지 목표에 공통으로 해당되는 핵심 요소가 각각 다른 방향으로 작용하기 때문에, 가끔씩은 모순적인 상황이 발생하기도 한다."라고 전제하고, 상호모순되어 보이는 목표를 동시에 충족시키는 것을 목표로 한다. 조사해 보니 이 기법을 활용한 정책 과제가 더러 있다.

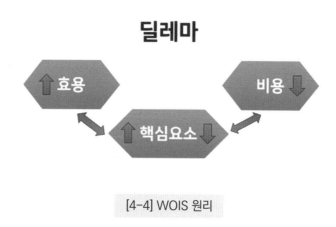

[4-4] WOIS 원리

추구하는 두 가지 목표에 공통으로 해당하는 핵심 요소가 각기 다른 방향으로 작용하기 때문에 모순 상황이 발생한다.

예를 들면, 사회적 기업이 사회적 비전도 달성해야 하고, 영리도 달성해야 하는 상황 또는 기업이 영업이익을 확대하면서, 사회에 기여하기도 해야 하는 상충되는 모순 LH의 주택 공급에 있어서 정부 정책을 따르기도 해야 하고 국민의 욕구도 충족해야 하는 상충되는 모순을 만족해야 하는 정책을 펴는 것 등을 예로 들 수 있다. 최근 책으로 출판된 이론이 있으나 매우 이해하기 어려운 고난도 기법이지만 모순을 통해 혁신 리더십을 키우는 방법으로 소개되고 있다. 제목이 《혁신의 비논리》 추상적인 내용이라 어려운 부분이 있다.

창의적 문제 해결 방법에 대해 간단히 알아보았다. 무엇보다 다양한 주변 환경 분석과 다양한 지식이 밑바탕이 되어야 쉽게 접근을 할 수 있다. 주로 개선이나 신제품 개발 등과 밀접한 관련을 가지고 있다. 하루에 다양한 아이디어를 창출하여 실생활 및 사업 등에 활용할 수 있게 하려면 이러한 방법 등을 숙지하고 일상에서 활용한다면 더 효과적인 창의적 아이디어를 도출할 수 있을 것이다.

5장

루트에서 창의적 아이디어를 찾아라

5-1. 디자인 씽킹 이해와
프로토타입을 만들어라

확립되었거나 알려진 문제를 해결하기 위해 감성, 창의, 혁신, 그리고 분석적 기술을 이용하여 문제를 확립하는 과정을 말한다. 디자인 씽킹은 5단계로 구성되어 피드백을 통해 문제를 해결하고 완성하는 것이다.

공감하기-정의하기-아이디어 내기-프로토타입 만들기-테스트하기 5단계로 구성되며 피드백을 통해서 완결해 나간다.

디자인 씽킹 5단계

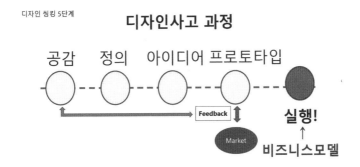

[5-1] Design Thinking

첫 번째 단계 공감은 보고, 듣고, 느끼고, 생각하고, 말하고, 행동하는 수단으로 상대방과 소통하는 것으로 결코 상대방의 관점에서 생각하지 못하면 상대방을 이해할 수 없다.

To understand 이해하고

Connect to the person 사람과 연결되고

No Judgement 판단하지 말고

Don't try to make it better, listen and feel 좋게 만들려 하지 말고 있는 그대로 듣고 느껴라.

Dosen't fix, Jurge or Direct 고치거나, 판단하거나, 직접적이지 않은 것.

It's connecting feeling and understanding 느끼며 이해하는 것.

Is the key to relationship 관련성에 대한 키인가.

98% population have some level of empathy 98% 이상이 공감 수준을 갖는다.

두 번째는 문제 정의하기로 제기된 문제 중 진짜 제기된 문제 찾기로, Real(진짜 문제), Valuable(가치 창출), Inspiring(영감 or 자극을 주는 것인가?) 등 혁신을 위해서는 앞선 생각을 가지고 문제를 발견해야 성공할 수 있다.

남들이 보지 않는 문제를 깊이 통찰을 통해 Real 문제와 높은 가치의 문제를 먼저 찾아내는 것이 기회를 먼저 선점하는 것이다. 사람들이 무엇을 좋아하고 무엇을 싫어하는지 명확히 파악하고, 현재 그들이 사용하고 있는 제품과 서비스가 어느 정도 그들을 만족하는지 확인해야 한다.

세 번째는 아이디어 내기로 다다익선, 판단 금지, 표현의 자유, 직관 등이 중요한 요소이다. 공감과 정의에서 파악한 문제를 해결할 수 있는 아이디어

를 브레인스토밍 등을 통해서 다양하게 수집한다. 또한, 협업이 필요하고 험담, 비꼬기, 무시하는 행동은 삼가야 한다.

네 번째로 Prototype 만들기다. 값싼 재료를 활용하여 빠르게 만들어 시각화로 고객에게 피드백함으로써 완성해 나가는 것이다. 소통과 협업을 중요하게 여겨야 한다. 브레인스토밍이나 기타 방법에 의해 나온 아이디어를 활용하여 시제품을 만들고 테스트하는 단계이다. 테스트에 있어 작동은 가능한지, 사용자의 선호도는 어떤지, 초반 계획과 연결성은 어떤지 살펴본다. 이렇게 해서 장단점을 파악하여 완제품을 만들 때 반영하여 생산하는 것이다.

다섯째 실행 과정으로 테스트(수용자, 고객에서) 실패도 오케이다. 고객으로부터 피드백을 받고, 반복 또 반복 수정을 통해 아이디어 내기로 피드백을 하든, 문제 정의로 피드백하든 수정 단계를 거치고 적용하여 상용화를 염두에 두고, 실제 제품, 서비스 개발, 실제 수익을 낼 수 있는지 점검한다.

5-2. 불편함, 모순, 소비자의 불만, 불평 및 니즈(Needs)에서 돈 되는 아이디어를 찾아라

일상 속에서 일차적으로 본인이 불편함을 느꼈을 때, 해결책을 생각하면 쉽게 아이디어가 떠오를 것이다. 또한, 어떤 물건의 모순점, 어떤 정책의 모순점 등을 파악한 후에 해결책이 무엇인지 여러 기존의 방법을 동원하여 아이디어를 생각하면 의외로 쉽게 아이디어를 발견하게 된다. 소비자나 주변의 불평, 불만과 니즈(Needs)를 관찰하면 돈 되는 아이디어가 보일 것이다.

필자는 주말마다 주말농장에 가서 여러 가지 채소도 심고, 고추도 심고, 감자나 고구마도 심는다. 어느 날 탐스럽게 자란 상추가 너무 예뻐서 한 주가 지나면 너무 클 것 같아 색소폰 동호회 회원들에게 뜯어다 주고 싶은 마음이 들어 5개의 봉투를 준비하여 상추를 따서 담았다.

저녁 무렵 집에 도착할 시간을 카톡으로 전달하고 지하 주차장에 나와서 가져가도록 메시지를 보냈다. 막상 주차장에 도착해 보니 달랑 두 명만 나왔고, 나머지 세 분은 서로 시간이 맞지 않아 상추를 차에 놓고 연락이 오기만을 기다릴 수밖에 없었다. 결국, 다음날까지도 전달이 안 되는 불편함을 겪게 되었다.

위의 경험을 통해서, 원하는 때에 자유롭게 드나들 수 있는 공유 장소가 필요하다는 생각이 들었다. 거기서 창안한 것이 나눔 곳간이다.

나눔 곳간은 언제든지 물건을 보관하고 연락받은 사람은 자기가 시간 날 때 가져갈 수 있는 장소이다. 물건에 메모지(포스트잇)에 수취인과 발신인을 적어 놓으면 언제든 가져가면 된다. 비대면 시대에 안전한 나눔을 이어갈 수 있는 물건 보관 장소가 될 수 있다. 이러한 나눔 곳간의 설치를 광명시 일자리 분과에 아이디어로 제안한 적이 있다. 하나의 기업이 광명시 전체 지역에 설치와 관리를 하면 하나의 사회적 기업으로 일자리를 창출할 수 있기에 제안하였던 것이다.

최근 광명신문에 나눔 창고라고 ○○동의 마을 사업으로 한다는 기사를 보았다. 필자가 제안하였던 아이디어에 왜곡을 거쳐 엉뚱하게 탐을 내어 가로채는 사람들이 있다. 이렇듯 좋은 아이디어는 탐하게 마련이다.

필자의 경험 중에 이액형 토출기에 관한 이야기를 해 볼까 한다. 전문 용어이다 보니 어렵다. 풀어 쓰자면 두 가지 물질이 섞여 본드가 되는 것을 이액형이라 하고 이것을 일정량씩 주입해 주는 것을 토출기라 한다.

산업에서는 이액형 토출을 많이 사용한다. 소비자(User)들은 기존의 이액형 토출 장비에 불만을 많이 토로한다. 가장 많은 불만은 사용 후의 세척이다. 펌프를 분해해서 청소해야 하고, 조립하고, 점도가 높아 지저분하고, 다루기가 까다롭고, 고장을 유발하는 등 많은 불만을 토로한다. 그래서 아이디어를 생각해 낸 것이 필자가 팔고 있는 펌프를 사용하여 이액형 토출기를 만들어 보는 것이었다. 파우더 펌프를 만들다 실패한 부품을 여기에 적용했고. 펌프와 제어 시스템을 기존 토출기 기능을 활용하여 두 개의 펌프를 하나의 몸체로 만들고 두 액체를 따로따로 이송하고, 조절할 수 있게 하고, 하나의 스위치로 작동시키게 하여 만들어 보았다.

첫째 이야기, 소비자는 전자 부품을 만드는 회사 사장님이었다. 그는 필자의 사무실을 방문하여 불만을 토로한다. 수작업으로 두 액체를 분취하여 손으로 믹싱하고 부품에 도포를 하니, 직원들이 근무 환경이 너무 별로라고 회사를 자주 그만두었고, 그렇기에 필자에게 이액형 토출기를 만들어 달라는 것이다. 사실 기존 이액형 토출기는 덩치도 크고, 1천만 원이 넘는 고가이다. 그러나 필자가 만드는 이액형 토출기는 200~300만 원 정도로 저렴하다. 그렇게 해서 이액형 토출기를 개발하게 되었다.

최근에는 10:1 비율을 원하는 이액형 토출기를 원하는 소비자가 많다. 협력 업체 사장님이 기계를 만든다기에 도움을 주고 있었다. 가서 관찰해 보니 우선 압력이 너무 걸리는 것 자체가 문제라는 걸 알 수 있었고, 압력이 안 걸리는 것이 관건이라 조언을 해 주었다. 그 사장님 답답하니까 일요일에도 필자를 찾아와 의논하곤 하였다.

압력이 많이 걸리니 다른 방법을 찾아야 하고, 두 번째 경로가 너무 길고, 일정한 유량을 제공해 줄 수 있는 펌프가 필요했다. 아낌없이 정보를 제공해 주었고 필자가 가지고 있던 펌프를 선뜻 내주었다.

모순과 문제점을 찾고 해결책을 찾는 것이 순서이기에 해결될 만한 펌프를 지원해 주었고, 뭔가 다른 믹싱법을 찾아야 한다는 데 의견을 모았다. 항상 필자와 의논을 하면서 해결책을 만들어 결국 새로운 모델을 찾게 되었고, 새로운 기술을 접목해서 특허까지 낼 수 있는 획기적인 장치를 만들어 냈다.

현재 이 기술을 사용하면 ESG 경영에 획기적인 역할을 하게 된다. 일회용 믹서기를 안 써도 되니까 쓰레기를 줄일 수 있고 간단하게 사용할 수 있다.

두 번째 이야기는 소비자의 불만 증폭과 관련된 에피소드다. 기존 장비 가격이 고가이고, 파우더 펌프 제작의 실패한 부품 활용 등으로 필자는 기존의 기능을 활용하여 한 몸체로 만들고, 두 액체를 사용하는 펌프, 토출기로도 사용하게 만들었다. 이렇게 만들어진 제품은 지금 코로나가 창궐하면서 오염에 대해 민감해졌고, 오염이 없이 코로나 진단 시약을 토출해야 하는데, 기존의 방법에 문제가 발생함으로써 적기에 대체가 가능하게 되어 진단시약 토출용으로 보급된다. 사연은 이러했다.

어느 날 자동화 업체에서 아침 7시쯤 다급한 전화가 왔다. 혹시 공기로부터 오염 안 되는 토출기가 있냐는 전화였다. 마침 재고가 한 대 있어서 샘플을 가지고 오라고 했다.

구리에서 허겁지겁 달려온 자동화 업체 사장은 테스트하자고 하며 서두른다. 매우 다급한 입장인 듯해서 테스트를 해 주고 동영상도 찍게 해서 만족스러워하며 바로 입금하고는 물건을 가져갔다. 그 사장님 왈, "왜 제 방식처럼 토출하면 오염됩니까?"라고 묻기에 "당연히 공기에 의해 오염되지요."라고 답변하니 그 사장님은 자기는 몰랐다고 하시며 자동화 라인 실패를 만회하려고 다급하게 왔다고 이야기했다.

결국, 필자는 그 사장님이 제대로 필자의 제품을 잘 쓸 수 있도록 지원해 주고, 설치 방법도 일러 줘서 오케이 사인을 받도록 도와줬다. 그 후에 사장님께 5라인의 추가 발주를 받았다고 연락이 왔다. 그렇게 해서 원래는 이액형 토출기로 사용하고자 했던 장비가 코로나 진단시약 자동화 장비로 사용이 되는 또 다른 용도로 활용되었다. 소비자의 불만, 소비자의 니즈로 인해 필자의 아이디어는 빛을 보게 된 것이다.

또한, 모순에 관한 내용 중에 얼마 전 LH의 부동산 투기 사건을 자세히 살펴보면 두 가지 상충되는 모순을 발견할 수 있다. 정부의 입장에서는 주택 공급의 문제, 소비자 입장인 국민에게는 주택이 필요한 문제가 있다.

최근 LH의 직원과 고위직 정치가들은 내부 정보를 이용하여 땅 투기를 하여 거액을 쉽게 돈을 벌게 되었고, 공급받는 수요자 즉, 가난한 국민은 비싸게 주택을 공급받는 모순을 알게 된다. 두 가지 상충되는 모순을 알았으니 모순을 해결하는 정책을 아이디어로 내면 된다. 두 가지 상충되는 모순에 체크리스트를 적용하여 하나하나 대조하고 유추를 통해 정책을 펴낼 수 있다.

투기의 모순에 해결책을 적어 보는 것이다. 그리고 수요자 입장의 모순을 대비하는 것이다. 그러면 좋은 정책을 만들어 낼 수 있는 것이다. 투기를 못하게 하는 방법에 대해 다양한 아이디어를 내야 할 것이고, 어떻게 수렴해야 두 가지 모순을 동시에 해결할까? 를 아이디어로 만들어 내면 된다. 모순에 해결책이 숨어 있는 것이다. 모순에서 아이디어 찾는 일은 어려운 일이 아니다. 모순을 찾는 일은 아이디어를 얻는 것과 마찬가지다.

모순에는 반듯이 좋은 아이디어가 숨어 있다. 정책적인 묘수이기에 필자는 더 이상 이 정책에 대해서는 언급하지 않지만, 독자는 이것을 어떻게 해결하면 될지를 알게 될 것이다. 모순에 체크리스트 기법이나 유추를 대입해 보면 의외로 쉽게 답을 찾을 수 있다. 또한, '여러 사람들에게 모순을 알리고 어떻게 해결할 수 있을까?'를 질문하라. 그리고 그러한 답변들을 녹음하고, 듣고, 또 듣는다. 대부분 여기서 해결 방법에 대한 방향성을 발견할 수 있다.

많은 사람과 소통하고 많은 아이디어를 확보하는 것이다. 이것을 잘 정리하고 판단하여 아이디어를 압축하여야 한다. 이런 과정이 수렴 과정이다. 방향성이 정해지면 쉽게 해결의 실마리를 찾게 된다. 필자의 경험상 일상에서 모순, 불편함, 불평, 불만은 돈이 되는 아이디어로 발전한다는 것이다.

생활하면서 불편한 점, 어떤 사물의 기능이나 구조가 모순을 가짐을 발견한 경우, 필요하긴 한데 세상에 없는 희소가치를 느꼈을 때, 소비자의 불평을 경청할 때. 또한, 소비자로부터 필요성을 감지할 때, 그 속에서 아이디어를 찾아라. 그것이 돈 되는 아이디어다. 우리는 일상생활 속에서 늘 불편함과 불만을 경험하게 된다. 아이디어에 대한 관심과 호기심을 가지고 개선하려 노력하면 아이디어는 저절로 나타난다.

5-3. 공통점을 찾고
도구들을 연결(Connection)하라

필자의 아이디어 이야기 중에 새싹삼에 관한 에피소드가 있다. 우연과 호기심에 그리고 주변과의 관계성을 생각하고, 공통점을 발견했을 때 단순한 아이디어가 발동한 것이고, 그것을 실험정신으로 증명해 낸 이야기를 소개한다.

필자는 한여름에 새싹삼 씨드가 담긴 키트를 인터넷을 이용하여 구매하여 집에서 키워 본 적이 있다. 95% 이상 싹이 트고 한 달 정도 지나니 잘 자라났다. 그것을 갈아서 우유와 함께 주스로 만들어 먹은 일이 있었다. 그 후 무역협동조합에서 베트남 사업자들과의 미팅을 위해 베트남을 방문하게 되었다.

취미로 색소폰 연주를 하기에 방문 시 색소폰을 가지고 갔다. 그들과의 미팅 전에 베트남 콘퍼런스 회의장에서 오프닝 무대로 색소폰 연주를 한 적이 있다. 그들 앞에서 색소폰 연주는 이미지 마케팅의 일환이었다. 악기를 연주함으로써 그들과 친밀해질 수 있고, 필자를 기억하게 만드는 역할을 하게 되었다.

처음은 비즈니스 콘퍼런스에 필자를 알리는 정도였고, 사람을 사귈 수 있는 정도였다. 이듬해에 베트남의 칸토(Cantho)에서 열리는 비즈니스 콘퍼런스(CBA)에 초대를 받았다. 역시 색소폰을 들고 방문을 했고, 오프닝에 색소폰 연주를 해 주었다. 연주곡은 베트남의 유명한 곡 〈Diem xure〉라는 곡과 〈Forever with you(일본곡)〉를 연주했다.

취미에 열정을 다하다 보니 아이디어가 떠올랐다. 색소폰 마우스피스까지 개발하게 된다. 뒤에서 이야기하겠지만 현재는 색소폰까지도 만들고 있다. 취미로 아이디어가 사업의 밑천이 되게 할 수 있다. 이 모든 것은 바로 아이디어에서 나오는 것이다.

그렇게 연주 활동을 하다 보니 많은 비즈니스맨을 만나고 친구가 되었다. 이렇게 인맥이 형성되고, 메신저로 자주 이야기하다 보니 칸토대학교 생명공학 박사를 만날 기회를 갖게 되었다. 그녀는 동충하초를 재배하는 농생명과학 박사이고 사업을 하고 있었다.

그녀를 만나면서 새싹삼에 대해 다시 떠올리게 되었다. 국내에서는 수경이든 토경이든 재배하여 수출이 되고 있었고, 운송 기간과 유통 기간이 길어지면 신선도가 많이 떨어진다는 것을 알게 되었다. 이렇게 단점을 발견하니 여름에 새싹삼을 키워 본 생각이 났고, 날씨라는 공통점을 발견하게 된다. 베트남 날씨가 우리의 여름 날씨와 같기에 베트남에서 씨드 인삼을 재배해 보자고 생각했다. 이듬해에 씨드 인삼 1kg을 사서 베트남을 방문했다. 그리고 Spring Trinh 박사를 만나서 그녀의 실험실을 방문했다.

가지고 갔던 인삼 씨드(1~2년생 인삼)의 재배 조건을 그녀에게 이야기하고, 시험해 보도록 씨드 인삼을 제공했다. 그녀는 3일 단위로 사진을 찍어 SNS로 내게 보내 왔다. 박사라서 실험 조건을 잘 이해했고, 토양은 동남아에서 나는 특수 토양을 사용했다. 필자가 말한 조건에 부합하는 그런 토양이었다.

그렇게 해서 씨드 인삼으로 동남아에서 재배하여 새싹삼 사업이 가능하다는 것을 실험으로 증명을 했다. 그러나 사업으로 연결되지는 못했다. 제도를 바꾸어야 수출이 가능하기 때문이다. 그러나 소규모로는 지금도 가능하다. 규제위원회에 제도를 풀어 달라고 요청하면 가능할 것으로 판단한다. 왜냐하면, 인삼은 동남아에서는 기후 조건상 여러해살이가 어렵기 때문이다. 실험 조건과 재배 방법을 공유했기에 언제든 동남아 전역에서 새싹삼 사업은 가능하다.

이렇듯 우연히 씨드 인삼 키트를 재배했고, 기후라는 **공통점**을 찾았고, 연결을 이어가다 보니 실험과 도전으로 아이디어를 완성하게 되는 것이다. 또한, 자기의 장점을 최대한 활용하여 자신을 알리고 인간관계를 만들어 나가는 것 또한, 하나의 아이디어다.

취미로 인해 칸토비즈니스협회(CBA)의 임원진과 베트남 상공회의소 회장 따님과도 친구로 지내는 계기를 만들 수 있었다. 이러한 인맥으로 70년 이상된 칸토대학을 둘러볼 수도 있었다.

연결고리를 통해서 공통점을 찾고 우연한 계기가 사업의 아이템으로 발전한다는 것을 필자의 경험을 통해 증명된 셈이다. 취미도 어떻게 활용하느냐에 따라서 아이디어로 활용되는 것이다.

필자의 또 다른 예를 이야기해 보자. 광명동굴 가는 길은 해마다 장마 때면 도로가 파인다. 그리고 지자체에서는 매년 똑같은 곳에서 보수를 반복한다. 수년간 그 길을 다녔던 필자는 여기에 관리 방안에 대한 아이디어를 생각해 봤다. 관심과 개선책이라는 생각만 있다면 쉽게 아이디어를 낼 수 있는 것이다. 공무원들이 이런 아이디어를 내서 관리 방안과 절약을 실천할 수 있으면 좋겠지만 나만의 생각일 것이다.

필자는 해마다 장마 후의 도로면의 파손 위치를 기억한다. 매년 반복되는 파손이다. 이런 것을 몇 년간 반복되는 것을 확인했고, 관리 방안을 생각하니 간단하다. 해마다 똑같은 경로에서 도로가 파손되는 것을 알아냈으니, 도로 위로 흐르는 물의 경로에 배수로를 작게 만들어 원래의 배수로와 연결만 해 주면 된다. 꼭 배수로일 필요는 없다. 배수가 잘되게 그 부분을 자갈층이나 기타 방법으로 보충 작업만 해 주어도 도로는 완전하게 장마를 견딜 수 있을 것이다. 공통된 부분만 찾았고 해결 방법은 간단했다. **공통 부분**으로 간단한 아이디어로 관리 방안을 만들 수 있다.

이것은 관심과 지속적 관찰로 해마다 똑같은 위치가 파손된다는 **공통점**을 찾았기에 단순한 아이디어로 해결책을 제시할 수 있는 아이디어인 것이다. 뭔가 내 사정거리 내에서 문제점이 발견되면 해결 방법을 자동으로 생각하게 된다. 이것은 늘 관심과 호기심 그리고 해결해야 한다는 생각만 가지고, 주의 깊게 주변을 돌아보면 간단히 아이디어 하나로 절약하고 관리할 수 있는 지혜를 알게 된다.

5-4. 유기적 네트워크 플랫폼의 도구들을 융합(Amalgamation)하라

필자가 ○○시 일자리 경제 분과 위원으로 참여하면서 일자리 창출에 관한 정책 아이디어를 제안한 내용들을 소개하고자 한다.

시내가 아닌 한적한 도로를 지나다 우연히 이정표를 보고 있었다. 독자분들은 혹시 이정표를 유심히 본 경험이 있는가?

이정표의 남는 공간이 미관상 필자의 눈에는 허전하고 볼품없이 보였다.

필자가 본 것은 정면이 아니라 뒷면이다. 뒷면을 방치한 상태로 효율적으로 사용하지 못한다고 느껴서 ○○시에 제안서를 보냈다.

이정표 뒷면을 활용하여 시정 홍보나 산뜻한 시의 자랑거리를 홍보하자는 아이디어를 제안한 적이 있다. 어느 날 담당 공무원에게 전화가 왔다. 이정표가 뭐냐는 것이다. 내심 한심하다는 생각을 했지만, "도로의 표지판을 이정표라고 한다."라고 설명하고 아이디어에 대한 이야기를 전화상으로 알아듣게 설명하자 그제서야 담당 공무원은 이해했다.

일주일 뒤에 답변이 왔다. 도로교통법에 저촉이 되어 할 수 없다는 답변이었다. 필자는 내심 담당 공무원이 한심하단 생각이 들었다. '내가 공무원이었다면 불합리한 도로교통법을 개정하도록 이유와 함께 제안했을 텐데….'라고 생각했다.

전국의 도로의 이정표에 화가나 홍보 분야 전문가들에게 일자리를 제공하는 역할을 할 수 있기에 제안했던 것이다. 사실 일자리 창출이 쉬운가? 없는 거 만들어야 하는 일로 아이디어를 짜내야 하는 것이다.

또 하나의 아이디어 제안은 ○○시 광명동굴 올라가는 초입에 소하천이 있다. 오래전에 개복 공사를 하면서 여름에는 냄새도 나고, 관광지 초입이고, 입지적 여건을 고려한 개발 정책을 제안한 적이 있다.

광명동굴 후문과 가깝고, 광명동굴의 풍부한 지하수를 활용하여 청계천 같은 실개천이나 혹은 강원도의 아름다운 내천을 벤치마케팅해서 새롭고, 시민이 쉴 수 있는 공간으로 만들고, 관광지 초입의 광명 이미지 개선에도 효과가 있다고 판단하여 ○○시에 제안서를 낸 적이 있다.

이 역시 답변서에는 못 한다는 말뿐이다. 내용은 법적 핑계와 민원 소지였다. 필자는 공무원이 진취적이고 긍정적인 생각이 없는 사람이라고 생각하고 말았다. 법적 근거가 문제가 있다면 개정하고, 시장 권한을 활용하면 개발권 범위에 도달한다는 것을 전에 부동산 공부를 했기에 알 수 있었지만, 공무원들은 그 자체가 귀찮은 건지는 모르지만 적극적 자세를 찾아보기 어려웠다. 구거이기 때문에 구거 개선 사업이 가능하다. 그러나 못 한다는 답변뿐이었다.

또 다른 제안서는 관광지에 대한 업그레이드 차원에서 일자리 창출 분과에서 제안한 아이디어였다. 광명에 유일한 광명동굴과 연계되고 산책로가 이어졌고, 광명동굴의 지하수를 활용하여 길 어귀에 약 50m 거리를 비 오는 거리를 만들자는 제안을 한 적 있다. 사람들은 단순하게 생각할 수도 있다. 제안자 본인인 필자는 여러 가지 지식을 융합하고 적용하여 그런 제안을 한 것이다. 지식의 융합이란 것이 별거 아니다.

비의 종류는 몇 가지나 되고, 비가 발생하는 원인은 무엇이고, 비의 활용과 피해 그리고 비를 피하는 방법, 오랜 역사를 거친 비에 관한 우산의 기원, 물이라는 개념에서 인성 교육, 맹자와 노자를 비교한 사람의 선과 악 등은 하나의 플랫폼으로 상호 연결 가능성을 따져 아이디어를 내는 것이다. 누구나 비에 관한 에피소드를 추억으로 가지고 있을 것이고, 비에 관련된 음악의 연대별 흐름과 조명과 음악을 활용한 복합 테마 조성과 박물관 및 비에 관련한 세계 여러 나라의 도구 등을 활용할 수 있다. 또한, 유치원생들이 비 온 후에 빗물에서 얼마나 좋아하고, 잘 노는지 등을 파악하였고, 아주 다양한 이야깃거리가 비와 연결되어 있다. 자연을 주제로 한 파크는 여러 지자체에 있으나 자연현상을 주제로 관광자원화시킨 지자체는 없다는 것을 조사했다.

필자는 아주 다양한 분야로 접근이 가능한 소재라는 것에 착안하여 관광지 활성화와 일자리 창출의 일환으로 아이디어를 제안하였지만 ○○시로부터 하겠다는 어떠한 답변도 없었다. 의지도 노력도 하지 않는 지자체에 아이디어를 제공해도 소용이 없다는 것을 느낀다.

위와 같이 주변을 관심을 가지고 연관성을 이어가다 보면 무궁무진한 아이디어들이 있다. 소하천, 광명동굴 지하수, 여름 악취 원인 복개천, 청계천, 백운계곡, 관광지 입구, 소하동의 실개천을 연결 짓는 요소들이 곧 플랫폼이며, 상호 연결 가능성을 갖게 하여 하나의 개발에 관한 아이디어가 나온 것이다.

필자는 마을 사업에 대한 아이디어도 또한, 산행을 하면서 평소 관심 있는 부분과 연결하여 새로운 돌봄 사업도 아이디어로 현재 가지고 있지만 기회가 되면 풀어 놓을 때가 있으리라 믿는다.

우리 주변에서 **유기적 네트워크**를 형성하는 플랫폼 속에서 융합할 수 있는 도구들을 찾아보면 많은 연결고리를 찾게 된다. 비 오는 거리 조성에 대한 아이디어는 **지식의 융합**이다. 주변을 찾아보면 이야깃거리가 되고, 좋은 사업 아이템이 될 수 있는 아이디어가 많이 있다.

도구들의 융합, 전문지식이 다른 사람들 간의 융합으로 많은 아이디어가 탄생할 수 있다. 우리 사회의 도시가 하나의 큰 플랫폼이다. 우리는 언제든 이 플랫폼 속의 도구들을 상호 연결하여 돈 되는 아이디어를 얼마든지 만들어 낼 수 있다. 관심사에 집중하고, 희소가치와 불평이 많은 부분을 공략하면 돈 되는 아이디어가 보일 것이다.

5-5. 의식/무의식에 기인한 발견

필자의 경험을 이야기해 볼까 한다.

파우더 펌프의 수입처를 15년 전부터 찾았다. 그러나 수입처를 찾지 못했기에 생각했다. '내가 파우더 정량 펌프를 만들어 보자!'라고. 두뇌에 늘 '파우더 펌프를 만들어야 한다. 어떻게 해야 소형화해서 책상에 놓고 쓸 수 있을까?'를 10년 동안 생각하고, 고민해 왔다. 이렇듯 이루고자 하는 목표를 생각 속에 늘 잠기게 하고, 의식과 무의식을 번갈아 가며 이따금 생각을 끄집어내 보는 것이다.

이렇게 생각 속에 있던 잠재된 생각에 대한 실마리가 불현듯 어느 순간에 떠오르는 것이다. 필자는 파우더 펌프를 완성하기까지 긴 세월 내내 생각을 놓지 않았다. 어느 날 고점도 액체를 효과적으로 이송해야 하는 생각에 잠기다가. **어릴 적 주름관을 갖고 놀았던 기억이 났다.** 막대기를 주름관에 밀어넣고 손으로 '탁' 치면 빠른 속도로 날아간다는 것이 떠올랐다. 떠오른 장면을 고점도 액체에 적용하고 테스트해 보니 효과적이라는 걸 알게 되었다. 생각은 여기에 그치지 않고 실험정신으로 테스트해 보는 것이 중요한 역할을 할 수 있었다.

오랜 시간 잠재된 생각이 오랜 시간을 거치면서 과거의 경험을 담당하는 신경세포들과도 무의식과 의식의 반복되는 시간 동안에 서로 연결되어 의식 속에서 실마리를 제공하는 것이다. 잠재의식을 일깨우도록 아이디어를 찾자는 생각으로 숙성의 기간을 10년간 가졌던 것이다. 이와 같이 자신이 뭔가 하고 싶다는 마음을 생각 속에 저장해 두고, 생활하다 보면 언젠가는 아이디어가 의식과 무의식의 숙성 기간을 지나면서 떠오른다.

2020년 드디어 아이디어가 떠올랐고, 그 아이디어를 가지고 사방팔방 부품을 만들기로 하고 업체를 직접 찾아 나섰다. 생산에 앞서 4가지 특허를 출원할 수 있었다. 지금은 생산하여 판매가 이루어지고 있고, 원천 기술로부터 응용 제품으로 확대되고 있다. 이 **아이디어의 원천은 어릴 적 갖고 놀던 놀이기구 자바라 호스였고, 유리구슬이었다.**

《탁월한 아이디어는 어디서 오는가》라는 책에 의하면 울리히 바그너(Ullrich Wagner)라는 독일의 신경학자는 꿈을 꾸는 상태에서 새로운 개념을(Concept) 알아내는 잠재력을 가진다는 것을 실험으로 입증하였다. 바그너의 숫자 실험에서 입증했듯이 문제를 앞에 두고 잠을 자면 2배 이상의 해결 능력을 나타내 준다.

잠을 자는 동안에 뉴런의 새로운 조합들로 인해 문제 해결을 위한 해법을 일깨워 준다. 꿈의 작용은 무의식적 상태에서도 연결 가능성을 나타내 주고 있다. 즉, 꿈은 창조적 통찰이 이루어지도록 뉴런들의 상호작용을 통해 최상의 방법을 찾아 주는 통로인 것이다.

실제로 우리에게 익숙한 곡 중에 〈Yesterday〉라는 노래가 있다. 폴 매카트니는 어머니 집 다락방에서 잠을 자다가 꿈을 꿨는데 꿈속에서 아름다운 앙상블이 울려 퍼졌다고 한다. 꿈에서 깬 그는 꿈에서 생생하게 들렸던 앙상블을 피아노로 연주했고, 폴 매카트니는 그 곡을 친구들에게 들려주고는 현재의 그런 곡은 없다는 것을 알고, 꿈을 기억하여 음표로 만들어 작곡을 했다고 한다. 이 노래는 불후의 명곡으로, 현재도 많은 팬들이 듣는 곡이고 필자도 색소폰 연주를 가끔 하는 곡이 〈Yesterday〉이다.

또 뢰비는 사실 17년 동안 뉴런 신경이 화학적으로 소통할지 모른다는 생각을 해 왔다. 어느 날 꿈속에 개구리의 심장실험에 관한 꿈을 경험하게 되었고, 이로 인해 개구리 심장에 대한 실험을 통해 신경세포의 화학적 소통이 이루어짐을 증명했다. 뢰비의 실험이 말해 주듯 REM 상태와 비슷한 환경 속에서 아이디어가 발견된다는 것을 입증한다. 꿈의 상태 즉, REM 수면 상태에서 뇌간에서 아세틸콜린을 분비하는 뉴런(Neuron)들은 무차별적으로 연결되어 전기를 보내 뇌 전체에 퍼진다는 사실이 뇌 과학에서 밝혀졌다.

뉴런은 세포끼리 연결하는 시냅스 간극으로 화학물질을 보냄으로써 정보를 공유하지만 간접적 채널 꿈의 REM 상태를 통해서도 소통을 한다. 의식 상태의 두뇌도 꿈을 꿀 때 두뇌를 지배하는 그런 상태를 좋아한다.

이와 같은 예들은 평소에 풀고자 하는 문제 혹은 아이디어를 꾸준히 생각해오는 상태가 오랜 무의식과 의식이 **숙성의 시간**으로 잠재해 있을 때 어느 순간에 꿈은 그것을 형상화해서 나타내 준다는 것을 깨우쳐 준다.

독일의 화학자 프리드리히 아우구스트 케큘레 폰 슈트라도니츠(Fredrich August Kecule Von Stradonitz)는 10년 이상 동안 탄소의 분자들에 관한 분자들의 연결고리를 탐구해 왔다.

케큘러는 어느 날 난롯가에서 낮잠을 자고 있었다. 그는 꿈속에서 자신의 꼬리를 문 채 동그랗게 몸을 말고 있는 뱀의 모습을 보고 그는 잠에서 깨자마자 노트에 꿈에서 본 뱀의 모습을 그렸다. 그리고는 벤젠 구조식을 하나하나 대입하였고, 더 나아가서는 벤젠 구조를 완성할 수 있었다.

의식, 무의식은 우리가 몰입하고 있을 때 혹은 아이디어를 생각하고 있을 때는 의식 속에서 이루어지는 것이고, 잠시 다른 생각으로 또는 생활을 하면서 그 아이디어 생각을 잊는 상태를 여기서는 무의식에 해당된다. 그러한 의식 상태 속에서 이따금 그 아이디어를 떠올리는 것을 경험했을 때 우리는 의식과 무의식의 반복적인 활동에 의해서 해결하고자 하는 어떤 아이디어가 어떤 순간 갑작스럽게 떠오른다.

이런 원리를 이해하면 필자가 이루고자 하는 아이디어 또는 해결하고자 하는 문제를 생각의 주머니에 담아 두는 것이다. 어떤 문제를 해결하려는 아이디어를 의식, 무의식 상태를 넘나들면서 반복적으로 이루어지다 보면 언젠가는 꿈을 통해서든, 갑자기 떠오르든 간에 앞에서 예로 설명한 것처럼 실마리를 찾게 된다.

5-6. 관심과 호기심으로부터 발견

거리를 지나다니거나 산책을 하거나 무엇인가를 바라다볼 때 호기심과 관심이 가는 물건이나 현상들을 보게 된다. 그럴 때 관심을 가지고 질문하고, 생각도 하다 보면 무엇인가 떠오르거나 직관적으로 생각나는 것들을 경험했을 것이다. 이러한 경험을 흘려 버리지 말고 메모해 두고, 그것을 응용하거나 무엇인가 생각을 하게 되면 연결되는 것들이 있다. 이러한 **연결고리**를 활용하여 아이디어를 발견하는 것이다.

필자는 향기 마케팅을 공부해 보고자 아로마를 공부한 적이 있다. 지금으로부터 10여 년 전으로 거슬러간다. 아로마라는 것을 처음 접해 보고 다양한 아로마의 성분과 효능에 대한 지식을 넓혀 갔었다. 근육통에 좋은 아로마, 인후염에 좋은 아로마, 마음을 안정시켜 주는 아로마, 감정을 다스리는 아로마 등 아주 많은 종류의 아로마에 심취해서 지식을 쌓은 적이 있다. 향기 마케팅을 해 보기 위해서였다.

그러던 어느 날 킨텍스에서 주관하는 전시회에 참여를 했다. 참여 업체 중 커피 부스가 있었고, 커피를 무료 시음할 수 있게 되었다. 커피도 먹고 특허로 개발한 커피라기에 호기심이 발동했다. 도대체 어떤 커피일까 궁금증에 물어보았다. 다름 아닌 아로마 커피였다. 나로서는 더 흥미가 났고 질문을 던졌다.

몇 가지 향의 아로마 커피였고, 액상이었다. 왜 하필 액상일까 의아해하면서 질문을 이어갔다. 그러나 특허라기에 자세히는 묻지 않았다. 순간적으로 생각했을 때 사향고양이 커피가 떠오르면서 실험 방법이 떠올랐고, 핸드폰의 메모장에 기록했다. 순간이 지나면 기억이 안 날 수도 있기에 메모를 하였다. 그 후 몇 주가 지난 후 커피 생두와 재료를 준비했고, 수동형 로스팅 장비까지 구입하였다.

한겨울 저녁 여러 종류의 처리된 커피 생두를 로스팅하기 시작했다. 근무를 마치고 귀가한 와이프에게 핀잔을 듣기 시작했다. 왜 이리 나부끼는 것이 많으냐고 집안이 어지럽혀져 있다고 와이프 **잔소리**(Noise)가 시작되었다.

필자는 왜 그런지 사실 관찰을 못 했었다. 와이프 잔소리를 들으면서 관점의 방향을 바꾸기 시작했고, 재차 실험을 강행하면서 네 가지 중에 한 개의 종류에서 특이점을 찾을 수 있었다. 본래의 목적과는 완전히 다른 방향의 관점에서 관찰을 하게 되었다. Micro적 세심한 관찰을 통해 와이프 **잔소리**에 관점이 바뀌면서 새로운 발견을 하게 되었고, 특허에 이르게 되었다.

나름대로 처리된 커피를 분쇄하여 동호회 회원들에게 맛을 보게 했다. 결과는 대만족이었다. 다섯 종류의 커피 중에 제일로 맛이 부드럽고 쓴맛이 연하다고 평가를 받았다.

이렇듯 발견은 다른 사람의 **잔소리** 즉, Noise로부터 관점의 방향이 바뀌고, Micro적인 관찰을 통해 새로운 발견해 내는 것이다. 이미 알았던 지식이 관심과 호기심으로 발동되어 커피라는 기호식품에 우연히 연결되었고, 사향고양이 커피를 연결하게 되고, 생각해 낸 아이디어를 실험정신을 발휘하여 테스트하고, Micro적 관찰을 통해서 새로운 발견을 하게 되었다. 이렇게 해서 특허까지의 아이디어는 자신의 **지식 재산**으로 엄청난 기회를 잡을 수 있는 기회를 가질 수 있다.

아로마라는 말이 나왔기에 실험해 보거나 데이터를 가지고 있는 것은 아니다. 다만 필자가 알고 있는 지식으로 지극히 상식선에서 이야기하면, 우한폐렴이 창궐한 이후 Covid-19에 감염되지 않기 위해 개인적으로 사용하는 아로마가 있다. 많은 아로마 특성 중에 항균 작용을 하면서 비염에 효과적인 아로마가 있고, 필자는 이 아로마를 Covid-19 예방에 활용하고 있다. 검증된 것은 아니지만 고대부터 식물로 얻은 아로마는 병균을 잡아주는 치료제로 널리 사용되어 왔다.

오늘날이라고 특별하지 않기에 아로마 지식을 활용하여 Covid-19에 대항하는 예방책으로 필자는 페퍼민트(Peppermint)를 아주 약간 손가락에 묻힌 후에 앞니 끝단에 살짝 묻혀 주고, 혀로 돌려서 입안에서 확 퍼지게 하여 입안과 코 그리고 폐로 연결되는 곳까지 항균을 해 줌으로써 Covid-19를 예방하고 있다.

또한, 페퍼민트는 축농증 비염에 탁월한 효과를 갖고 있기도 하다. 얼마 전

잠을 자고 있는데 와이프가 심하게 마른기침을 하는 것이다. 너무 시끄러워서 아로마를 꺼내어 앞니 끝에 살짝 묻혀 주었더니 바로 기침이 멈추면서 곤히 잠을 잔다는 것을 경험으로 확인했다. 홍콩 친구, 인도 친구, 캐나다 친구에게 예방법으로 소개하고 보내 주기도 했다.

Covid-19를 예방하거나 치료하기 위해 필자는 지극히 평범한 상식을 사용하기로 했다. 필자는 화학을 전공한 사람으로, 화학 반응을 인용하여 Covid-19가 단백질로 구성되어 있다는 정보를 접했다.

화학의 기본 개념에는 물질을 합성하거나 결합 또는 분리할 때 녹여야 한다는 원칙이 있다. Covid-19의 단백질을 녹이면 해결될 거라 생각했다. 아로마 물질 중에 비타민이 들어 있는 레몬오일은 단백질을 녹이는 물질이라는 것을 알 수 있었고, 화학적 프로세스를 적용하여 '만일 콧속에 Covid-19 바이러스가 침투한다면 녹이면 되지 않을까?' 하고 생각했다. 그래서 레몬오일을 코 밑에 바르고, 2차적으로 Peppermint 오일을 코밑에 바르면 바이러스를 퇴치할 거로 생각했다.

사람이 상처를 입으면 엄청 아프고 힘들다. 바이러스도 같은 개념이라 생각했다. 레몬오일에 노출된 바이러스는 분명 상처를 입을 것이다. 단백질로 구성되어 있기에 레몬오일은 녹이는 특성이 있으니 녹이지는 못해도 상처는 줄 거라 단순히 생각했다. 상처받은 바이러스에 강력한 항균제 Peppermint를 적용하면 박멸하지 않을까? 라고 생각했다. 폐까지 침투해서 항균작용을 하는 것으로 알려져 있다.

이렇게 필자는 우한폐렴이 한창 창궐할 때 생전 처음 겪어 본 호흡기 질환을 혼자 스스로 이 아로마오일을 일주일 쓰고서 완쾌되었다. 그 이후 필자는 코로나는 감기일 뿐이라고 생각했고, 남들 다 맞는 백신은 절대 맞으면 안 된다고 생각했다. 그 후 코로나 우리 식구 다 걸렸었다.   .

필자는 아로마를 써서 치료하는 데 도움을 주었고, 베트남 친구도 아로마로 호흡 불편을 해소시켜 준 적이 있다. 지금도 필자는 백신은 백해무익하다고 생각한다. 단순한 원리로 간단하게 예방과 효과를 보았기 때문이다.

효과 검증은 해 보지 않았지만, 필자는 코로나가 한창 창궐할 무렵 호흡기에 문제가 발생하고, 몹시 답답한 적이 있었다. 그래서 아로마 지식을 활용하여 적용해 보니 일주일 만에 그런 답답한 증상이 깨끗이 사라진 것을 경험했다. 이 또한, 아로마 지식을 활용한 조그마한 아이디어인 것이다. 아로마라는 향기에 **관심과 호기심**으로 공부를 했고, 마침 수많은 커피 중에서 아로마 커피를 접하면서 커피에 관한 특허까지 획득할 수 있었다.

또 다른 관심과 호기심으로 탄생한 아이디어를 예로 들자면 오늘날의 GPS에 관한 이야기가 있다. 박사 공부를 하면서 접했던 내용이기도 하고, 《탁월한 아이디어는 어디서 오는가》라는 책에도 나오는 내용이다.

미국의 존스홉킨스대학의 응용물리연구소의 두 명의 젊은 물리학자 조지웨이 펜바크와 윌리엄 가이어는 1957년 점심시간에 대학의 구내식당에서 열띤 대화를 나누고 있었다. 당시 구소련의 지구 궤도를 도는 사상 최초의 인공위성을 쏘아 올렸다. 두 젊은 물리학자는 인공위성에서 나올지 모르는 극초단파에 관해 열띤 대화를 나누었다. 두 젊은이는 스피크니호에 대한 호기심이 발동하였다.

당시 웨이펜 바크는 연구실에 20MHz의 수신기를 가지고 있었고, 마이크로 분광학(Micro Spectrum)에 관한 박사 논문을 준비하고 있었다. 윌리엄 가이어와 웨이펜바크는 그날 오후 스푸크니호에서 보내오는 신호를 듣기 위해 수신기를 켜고 귀를 기울였다. 그들은 수신기에서 나오는 짧으면서도 날카로운 스타카토(Stacato)의 리듬을 갖는 '삐' 소리를 들을 수 있었다. 두 젊은 물리학자는 자신들이 듣고 있는 소리를 음성 증폭 장치에 연결하고 테이프에 녹음했다. 녹음하면서 시간에 따라 타임 스탬프로 시간을 기록하였다.

이들은 도플러 효과를 이용해 스프크니호의 움직이는 속도를 계산할 수 있다는 것을 깨달았다. 도플러 효과는 오스트리아 물리학자 크리스티안 도플러가 당시보다 1세기 전에 발견한 것으로, 음원 또는 음원 수신자가 움직일 때 파도 모양의 주파수가 증폭되거나 감소하는 주파수 변화 현상이다. 당시 스프크니호의 주파수는 일정하게 보내졌고, 마이크로 수신기는 고정된 위치에 있었다. 이 두 물리학자는 포착되는 신호음의 차이로 위성의 움직임을 계산할 수 있었다.

그날 밤 두 물리학자는 도플러 이동의 기울기를 분석함으로써 스프크니호가 응용연구소에 가장 가까이 접근한 위치를 알아냈다. 우연하게도 두 사람은 호기심으로 시작된 신호음의 청취부터 스프크니호의 속도와 위치를 알아내는 기술을 발견했다. 이런 원리는 오늘날 위성 항법 장치(GPS)로 발전하게 되었다.

당시의 구내식당은 커피하우스(융합의 최초 모태 1976년)처럼 다양한 지식을 가진 사람들을 모이게 했고, 그곳에서 다양한 생산적 토론이 이어졌고, 서로 다른 사고들이 충돌과 재결합을 할 수 있는 환경을 만들어 주었다.

이와 같이 호기심과 관심으로부터 우연히 아이디어가 떠오른 것을 실험을 통해서 도전 정신으로 아이디어를 자신의 것으로 만든다면 든든한 Supporter라 아니할 수 없을 것이다. 누구나 이런 기회는 온다. 관심과 호기심으로 관찰하기를 일상에서 즐겨라.

5-7. 숙성 기간으로부터

숙성 기간은 두 가지 경우로 설명할 수 있다. 잠재적 아이디어를 잉태하기 위한 숙성 기간과 아이디어 몰입 후의 숙성 기간으로 설명하고자 한다. 첫 번째는 잠재적 숙성 기간이다.

어떤 직관은 처음에는 모호하고 불완전한 상태로 존재한다. 이런 상태로 긴 숙성 기간(잠복기)을 거치는 동안 우리의 뉴런 속에 머물면서 새로운 연결을 끊임없이 시도한다. 그 형태는 새로운 정보, 다른 사람의 직감 등과 충돌하고 연결을 시도하면서 새로운 아이디어가 탄생하는 것이다.

18세기 조지프 프리스 틀리는 어린 시절에 유리병 속에 거미를 가두고 놀았던 직관을 마음속에 늘 가지고 있었다. 20년이 지난 후 그는 뚜껑이 덮인 유리잔 속에 박하의 작은 가지를 넣고 통찰을 통해 식물이 산소를 만든다는 사실을 발견하게 된다.

필자에게도 특허 제품 중 어릴 적에 놀았던 예로 인해 발견하게 된 사연이 있다. 어릴 적 시골에서 **파이프 즉, 주름관**에 나무 막대기를 통과시키면 나무 막대기가 멀리 빠른 속도로 내달린다는 것을 이용해 총 놀이를 즐긴 적 있다(잠재적 숙성 기간). 현재 필자가 만든 제품 중 가장 중요한 특허로 핵심이 되었다.

이런 어린 시절의 경험 또는 직관을 활용하여 고점도 액체의 흐름성 개선을 위한 실험을 했고, 결국 제품을 만들어 고점도 물질을 이송하는 데 사용하고 있다. 그 후 계속된 실험의 결과 저동력 분말 펌프를 발견하게 되었다. 이 발명은 세계 시장에 없는 유일한 제품이 되었고, 현재 제품을 생산하여 판매하고 있다. 이 제품은 딸 아이의 청년 창업을 지원하기 위해 제공되었다.

특허가 되기까지의 개발 방법을 소개하고자 한다. 가루 Sol의 박지현 대표의 창업 이야기를 해 보고자 한다. 액체 펌프 사업을 2년 정도 해 본 한 30대 초반 청년 창업자이다. 기존의 파우더 펌프가 매우 크다는 것을 알게 되었고, 왜 그럴까를 고민했다. 그리고는 고전적 방법을 실제로 만들어 테스트해 보았다. 실제로 테스트를 해 보니 왜 큰 동력이 필요한지 이유를 알 수 있었다.

분말이 스크류에서 압축이 된다는 **모순**을 찾을 수 있었다. 그래서 큰 동력이 필요했다는 사실을 알았다. 그렇다면 미끄러짐이 좋은 재료를 써서 만들어 보면 어떨까를 생각했다. 모순을 알았을 때는 이미 어떤 재료가 타당한지를 알 수 있었다. 미끄러짐이 좋은 재료를 찾아 생각한 대로 만들어 보기로 했다. 여러 회사를 만나고 부품을 만들 것을 요청했지만 거부당했다. 네 군데 회사를 접촉했고, 그중에 두 군데 회사에서 성의를 보였다. 한 회사에서 만들 수 있는 영역까지 만들어 달라고 했다.

그렇게 완벽하지는 않지만, 테스트를 간단히 할 수 있을 정도의 시험 제품을 만들었고, 그것을 테스트해 봤다. 역시 생각한 대로 작은 동력으로 이송할 수 있다는 것을 확인했다. 더 구체적이고 확실한 기능을 갖추도록 제작을 요청했지만, 한계가 있다며 그 회사에서 포기하고 말았다.

고민 끝에 미완성 제품을 어디에 쓸까 고민하다가 어릴 적 가지고 놀았던 자바라 호스 생각이 났다. 어릴 적 놀았던 기억이 떠올랐다. 거기서 힌트를 얻어 고체나 액체는 자바라처럼 단면적이 적게 닿을 때 이동성이 좋다는 생각을 하게 되었다. 과거의 경험 속에도 숙성의 씨앗이 있는 것이다. 현재의 아이디어 카테고리와 과거에 경험한 것들이 하나의 숙성의 씨앗이다. 발효에서 말하자면 효모와 같은 역할을 하는 것이다.

그로 인해 고점도 물질을 실패한 제품으로 실험을 했다. 역시 생각한 대로 이동성이 아주 많이 개선된 것을 확인할 수 있었다. 여기에 힘입어 다른 회사를 찾아가 같이 연구하자고 요청을 했고, 흔쾌히 수락하여 도면을 만들고, 금형을 만들었다. 그 작업을 위해 나 스스로 업체를 찾아가서 금형을 만들었고, 그 생산 업체에 금형을 가져다주고는 만들어 달라고 부탁했다. 처음에는 불규칙하고, 엉성하게 만들었다. 몇 번을 하다 보니 제품다운 제품이 생산되기 시작했다.

그러다 우연히 어느 회사의 카탈로그를 보게 되었다. 전화를 걸어 무엇에 쓰는 물건인지를 물었으나 기대했던 대답은 아니었다. 그러나 그림을 보는 순간 문득 더 좋은 방법의 아이디어가 떠올랐다. 즉시 그대로 주문을 의뢰하였다. 주문한 대로 만들어 시험해 보니 더 효과적인 것을 발견할 수 있었다. 여러 가지 시험 테스트를 실행했고, 가루Sol 박 대표와 함께 저동력 모터를 이용한 테스트를 실행한 후 제품화하기로 하였다.

이렇게 해서 가루Sol 이 사업을 시작하게 되었다. 사업 시작 5개월 만에 2천만 원의 매출을 올렸고, 드디어 제품 생산이 본격적으로 이루어지기 시작했다. 4개의 특허를 출원하면서 동시에 제품을 만들기 시작 이제 10개월 차 청년 창업자이다. 10년의 노력 끝에 얻어 낸 성과로 아이디어 하나로 **진로**를 개척하였다.

또한, 최근 분말 정량 펌프를 심도 있게 관찰하다가 어릴 적 놀이로 즐겼던 유리구슬이 생각났다. 이 유리구슬은 특허로 이어졌고 국제 특허까지 내게 되었다. 정량성 향상 방법과 댐퍼 기능을 갖는 Dispensing Cone 대용으로, 필자의 경우 유리구슬을 사용하는 방법을 찾아냈다. 기존 기술과는 전혀 다른 간단하면서 효과적인 기술을 어릴 적 갖고 놀던 유리구슬에서 실마리를 찾았다.

액체 정량 토출기를 다루어 본 경험을 살려 분말도 액체처럼 토출이 가능한 시스템을 만들 수 있다는 자신감으로 미래에 엄청난 소득을 보장받고, 세계 시장을 누빌 수 있는 토대를 만들었다. 이 아이디어로 4개의 특허를 출원하여 **청년 창업에서 각종 정부 지원 제도에 응모가 가능하고 사업 자금을 받을 수 있는 통로를 확보할 수 있었다.** 세계적으로 없는 제품이기에 독점이 가능한 아이템이다. 이처럼 아이디어는 관심과 의지 그리고 연결성을 확장하고 또 다른 유용성을 판단하고, 생각한다면 실패로 인한 부담감에서 자유로울 수 있고, 자신의 진로를 스스로 탄탄하게 만들 수 있다.

"창의적 돈 되는 아이디어를 찾는 이유가 여기에 있다."

모든 자신의 미래를 해결할 수 있는 것이 아이디어다. 청년창업자는 아이디어만 있다면 정부 지원을 얼마든지 받을 수 있는 길이 열려 있다. 가루Sol 청년 창업자는 광명시에서 3천만 원을 지원받아 시제품 제작과 마케팅까지 수행한 케이스이며, 앞으로도 응용 제품으로 정부 지원 제도에 지원하여 더 많은 제품을 생산하게 될 것이다. 따라서 긴 숙성 기간(잠복기)에 형성된 직관을 떠올리게 되고, 훌륭한 아이디어로 탄생하게 한다.

숙성 기간은 필자가 이미 발견하고도 알아차림이 없는 경우도 같은 맥락이다. 기록한 실험 일지를 시간이 지나도 때때로 봐야 하는 이유가 거기에 있다. 그 예로 다윈의 자연선택설을 들 수 있다. 하워드 그루버는 다윈의 방대한 자료를 수집하고 자서전과 비교하며 일지를 분석하였다. 멜서스 이론을 접하기 1년 전에 다윈은 이미 그의 일지에 자연선택설에 관한 질문과 해답을 적어 놓았다. 당시 다윈은 알아차림을 깨닫지 못한 것이다.

그루버의 일지에 대한 조사로 자연선택설은 발표된 것보다 1년 앞서 발견했다는 것을 알 수 있었다. 알아차림이 있기까지는 다윈의 의식 속에서 서서히 오랜 시간 동안 숙성의 시간을 거쳐 완성된 것이라 본다.

또 다른 숙성 기간은 아마도 뭔가를 찾거나 연구를 위해 몰입을 하고 난 후에 휴식을 취하는 기간을 숙성 기간이라 한다. 숙성 기간은 편안한 마음 상태 즉, 일상으로 돌아온 상태일 것이다. 이런 숙성 기간은 다양한 형태로 나타난다. 이런 숙성 과정에서 좋은 아이디어가 나타난다.

숙성 기간의 형태는 다양하게 나타난다. 김용운 교수의 통계에 의하면 조용히 쉬고 있을 때, 산책할 때, 잠에서 깨어날 때, 목욕할 때, 기차를 타고 갈 때, 회장실에 있을 때의 순서로 나타난다고 한다.

필자의 경우는 잠에서 이른 새벽 깰 때 아이디어가 떠오른 적이 많다. 사람마다 시간과 장소가 다르다고 심리학자들은 말한다. 어떤 이는 차를 운전하다가, 운동하다가, 먼 산을 바라보다가, 아이디어가 떠오른다고 한다. 이런 환경은 마음의 여유가 있는 상태로 볼 수 있다.

미국 심리학자 제롬은 긴장이 완화된 상태 즉, 숙성 기간에 창의적 사고와 문제 해결, 호기심, 의사 결정, 고도의 연상 능력과 관계가 있다고 한다. 즉,

아이디어 생각에서 벗어난 상태가 곧 숙성 시간이며 이때 결정적 아이디어가 나타난다는 것이다.

따라서 우리의 과거의 경험이 곧 숙성된 채로 지식을 동반한다고 볼 수 있다. 또한, 몰입을 통해 잠깐의 휴식 기간이 곧 숙성 기간으로 작용하여 좋은 아이디어가 숙성 기간을 토대도 탄생하게 되는 것이다. 독자분들도 많은 경험을 해 보았으리라 생각된다.

5-8. 세렌디피티(Serendifity)로부터

위키백과에 의하면 세렌디피티(Serendifity)의 사전적 의미는 완전한 우연으로부터 중대한 발견이나 발명이 이루어지는 것을 말하며 특히, 과학 연구의 분야에서 실험 도중에 실패해서 얻은 결과에서 중대한 발견 또는 발명을 하는 것을 말한다.

1954년 영국의 소설가이자 정치인이었던 월폴(Horace Walpole)이 친구에게 보낸 편지에 처음 사용한 것으로 어릴 때 읽은 동화책 《세렌디프의 세 왕자(The Three Princes of Serendip)》에 나온 이야기를 전했다고 한다.

세렌디프는 지금의 스리랑카를 뜻하는 나라 이름이다. 동화의 이야기를 잠시 빌리면 세 명의 왕자는 지혜를 얻고자 세계 여행을 떠나게 되었다. 여행 도중 낙타를 잃고 헤매는 사람을 만났다. 낙타 주인이 낙타의 행방을 묻자, 각각의 왕자는 한마디씩 한다. "오른쪽 눈이 멀었던데요." "이빨도 빠졌던걸요." "절뚝거렸죠." 하고 대답했다. 주인은 너무 정확히 맞추어서 도둑놈이라 생각하고 다그쳤다. 세 왕자는 사실 낙타를 못 보았다고 말했지만, 결국 도둑으로 몰려 감옥에 가게 되었다.

얼마 후 주인은 낙타를 찾았고, 세 왕자는 왕에게 불려가게 되었다. 왕은 보지도 않고 어떻게 낙타를 정확히 알았느냐? 고 묻자, 세 왕자는 대답했다. "왼쪽에 있는 풀만 먹어 치운 걸 보고 오른 눈이 멀었다는 걸 알았고, 길가에 되새김질한 풀을 보고는 이빨이 성치 못하다고 생각했으며, 발을 끈 자국을 보고 절름발이란 걸 알 수 있었습니다."

월폴은 이 이야기를 소개하면서 '우연과 영리함이 만들어 낸, 뜻하지 않은 발견'을 세렌디피티(Serendifity)라고 표현했다. 즉, 뜻밖의 발견이나 우연한 발견이라고 이야기한다.

세렌디피티(Serendifity)**로부터 발견한 예를 살펴보자.**

1928년 플레밍(Alexander Fleming) 박사는 인플루엔자 연구를 위해 접시에 배양하던 포도상구균이 우연히 곰팡이에 의해 죽은 것을 보았다. 이를 흥미롭게 여겨 본래의 연구를 뒤로하고 곰팡이균을 연구한 끝에 항생제인 페니실린을 발견했다고 한다.

또 흥미로운 것은 3M이 개발한 포스트잇(Post-It)이다. 강력한 접착제를 연구하려다 실패로 약한 접착력을 갖게 되었다. 이것을 본 다른 부서의 엔지니어인 프라이(Art Fry)가 '다른 용도로 사용할 수 없을까?' 하다 찾게 된 것으로 약한 접착력으로 쉽게 붙였다가 뗄 수 있는 포스트잇(Post-It)을 우연히 발견하게 된 것이다.

필자의 커피 이야기 속에도 흥미로운 예가 있다. 원래의 목적대로 커피를 실험하고, 그 결과를 테스트하려고 했다. 집에서 실험을 했기에 주변이 지저 분해졌고, 난장판이었다. 퇴근하고 돌아온 와이프가 잔소리를 하기 시작한 다. 따발총처럼 잔소리를 해대는데 잔소리를 듣는 순간 관찰의 방향 즉, 관점이 원래의 실험 목적이 아닌 다른 곳으로 쏠리기 시작했다. 여러 가지 실험 중에 유일하게 한 물질에서 특이한 현상을 발견한 것이었다.

우연이겠지 하기에는 뭔가 확인해 보고 싶기에 다시 2차 실험을 했다, 역시 하나의 물질에서만 특별한 현상을 발견했다. 결국, 원래의 본 목적의 실험이 아닌 엉뚱한 방향에서 우연을 발견하게 되어 특허를 내게 되었다. 뜻하지 않은 와이프의 잔소리는 Noise였고, 그 Noise는 내게 새로운 관점에서 관찰하게 했다. 결국, 뜻하지 않은 새로운 발견을 하게 된 것이다.

또 다른 발명 이야기 중에 조개 화분의 아이디어를 만든 배경에 대하여 이야기해 보고자 한다.

필자는 연구원 출신으로 제약 회사, 염료 회사 연구원 및 환경 연구소에서 환경물질 분석업무를 수행하였다. 1999년 10월 1일 폭발 사고로 한쪽 눈을 잃고, 회사 생활을 접어야 했다. 캄캄한 어둠을 걷는 것과 같은 느낌이었다.

당시 필자에게는 7살 딸과 5살 아들이 있었다. 한순간에 생활이 풍비박산 난 것이다. 정신적 충격으로 아무 일도 할 수 없었고, 직업을 잡을 수도 없었다. 그렇게 3년이 흘렀다. 정신을 차리지 않으면 안 되겠다고 마음을 가다듬고 부동산 공부도 했고, 아이디어를 생각하기 시작했다. 당시에 필자에게 사업을 할 만한 씨드(Seed) 자금도 없었기에 무엇을 할지 고민을 하였다. 필자는 이렇게 생각했다. 남들이 버리는 것을 가져다가 무에서 유를 창조해 보자고. 어느 날 어시장을 지나다가 백합조개가 물속에 아름답게 비추었다. 필자는 그 백합조개를 조금 사 가지고 왔다.

백합조개의 색깔을 보존하면서 뭔가에 쓸 수 없을까를 고민했다. 백합조개에는 얇은 막이 겉에 있어서 그 막을 제거하지 않으면 깔끔하게 보이지 않았다. 그 제거 방법을 생각해야 했고, 백합조개 칼국수 집에 이야기해서 조개껍데기를 가지고 올 수 있었다. 그렇게 백합조개 껍데기를 깔끔하게 전처리하여 말려놓고, 이것을 어디에 응용할까를 생각했다. 당시에 눈이 안 좋아서 그린 색을 자주 봐야 피로도가 없어지고 눈을 보호한다고 믿었기에 화분을 키우고 있었다. 처리한 백합조개 껍데기를 화분에 응용해 보고자 조개껍데기를 부수어 보기도 하고 물에 넣고 테스트하기도 하였다. 그렇게 응용하여 얻어낸 것이 수경 화분이었다.

조개의 이중 구조가 산소를 머금고 있기에 하이드로 볼 역할을 할 수 있다고 생각했다. 그래서 물에 잘 견딜 수 있는 화초를 찾아보기 시작했고, 이것저것 화초를 골라 화병 속에 처리된 조개를 넣고 화초를 심어 보았다. 거기서 더 나아가 거울에 붙이는 화분, 벽에 거는 화분으로 아이디어를 확장해 나갔다. 결국 홈페이지를 만들어 올렸고, '쉘피아'라는 이름으로 판매를 시작했다. 그러나 나에게는 사업 경험이 전혀 없었다. 당시 사업 초기였고, 펌프 사업도 병행으로 시작했었다.

M 방송사에서 전화가 와서 촬영을 하겠다고 하여 2시간 동안 촬영을 한 적이 있다. 2011년 11월 27일 8시 20분 M 방송사의 〈정보쇼 아이디어 플러스〉라는 방송에서 쉘피아가 방영되었다. 그 이후 S 방송사, M 방송사 등에서 드라마에 소품으로 협찬해 달라고 끊임없이 전화를 걸었다. 협찬은 진행되었고 드라마에서 매스컴을 탔다. 또 E 방송사에서 전화가 왔다. 방송통신대학교 조경학과 수경재배 교재로 활용하고 싶다고 녹화를 하겠다기에 응했다. 3년간 방송통신대학교 강좌로 방송이 되기도 했다.

당시 나에게는 화초 분야 도매나 소매에 대한 전혀 지식이 없었고, 어떻게 사업을 하는지도 몰랐기에 수경 화분 조개 화분 즉, 쉘피아를 접을 수밖에 없었다. 펌프 사업과 맞물려 동시에 두 가지는 더더욱 어려웠다. 사업 경험이 전혀 없는 나로서는 힘든 과정이었다. 7년이 지났어도 조개 화분을 팔라는 분들이 가끔 전화가 온다.

지금은 당시 Prototype의 화분을 이제는 완벽하게 제품으로 구현해 낼 수 있지만 기존의 다른 펌프 사업이 있기에 묻어두고 있었다. 이 아이디어는 다양한 응용 분야로 접근할 수 있는 아이템이다. 아이디어는 누구나 자신이 마음먹으면 창의적 발상을 할 수 있다. 단지 창의적 발상법을 잘 모르는 것뿐이다.

따라서 아이디어는 완벽하게 구현해 놓고 있다면 본인에게는 **언제든 꺼내 쓸 수 있는 적금이나 마찬가지의 재산**인 것이다. 아이디어 발상은 아름다움으로 느껴진 조개껍데기가 화분으로 변신하기까지의 발상의 전환으로 볼 때 구조적 원리를 이해하고, 응용 분야를 연결 지어 수경 화분까지 이어지는 아이디어 도출 과정은 어찌 보면 단순한 과정이다. 우연히 시장을 지나다 발견된 조개로부터 시작되어 관심과 호기심 그리고 연결성으로 이어지면서 쉘피아까지 탄생한 것이다.

2011년 11월 27일 8시 20분, M 방송사의 〈정보쇼 아이디어 플러스〉라는 프로그램에서 쉘피아가 소개되었고, 매일경제 기사에 소개되기도 하였다. 링크는 아래와 같으며, 매일경제 기사의 내용을 적어 보고자 한다.

Https://www.mk.co.kr/news/business/view/2012/01/24984/

넥스트 상사(대표 박종환)가 조개껍데기를 이용해 식물을 수경 재배할 수 있는 화분 '쉘피아'를 개발했다.

쉘피아 개발 동기는 다소 엉뚱하다. 박종환 대표가 조개를 먹고 난 후 남은 껍데기를 어떻게 활용할 수 있을까를 고민하던 중 조개껍데기가 하이드로 볼 (Hydroball)과 같은 기능이 있다는 사실을 알게 되면서 시작됐다. 하이드로 볼 이란 진흙을 구워낸 황토색 고체 물질로 수분을 흡수했다가 배출하는 기능이 있어 수경재배에 흔히 사용된다. 박 대표는 몇 년여 연구 끝에 유리병에 식물 을 넣고 조개껍데기로 덮는 형태로 제품 개발에 성공했다.

지름 11㎝, 높이 7㎝에 불과한 쉘피아는 책상, 컴퓨터, TV, 타일, 거울 등 다 양한 장소에 탁상형이나 벽걸이 형태로 설치 가능하며 깨지지 않아 안전하다.

화분 속에 소형 열대어를 키울 수 있어 다용도로 활용 가능하다. 박 대표는 "여러 화분으로 다양한 연출을 할 수 있으며 특히 어린이들 식물 관찰용으로 좋은 제품"이라며 "벽걸이용 수경 화분은 지금까지 시장에 없던 제품인 데다 조개껍데기로 만들어 싫증도 나지 않아 성장 잠재력이 클 것으로 본다."라고 말했다.

쉘피아를 찾아보니 블로그(Https://blog.daum.net/digitalsme01/776)에 소개된 내용 중 사진과 함께 깔끔하게 소개된 것을 볼 수 있다.

이렇듯 예기치 않게 '우연히 발견한 창조성' 또는 '가치 있는 것의 우연한 발견'을 영어로 '세렌디피티(Serendipity)'라고 부른다. 우리 일상에 항상 존재 할 수 있는 상황이기도 하다. 그 우연성을 잘 찾아보고 주의 깊게 관찰하면 언제든지 우연한 발견을 하게 된다. 이러한 현상을 확장해 보자.

소통(Communication)에 있어서 정보를 공유한 집단과 정보를 전혀 모르는 집단이 만나면 새로운 아이디어, 새로운 방향이 잉태할 것이라고 생각한다.

두 집단의 소통(Communication)이 긍정적 요소와 부정적 요소가 만나기도 하고 소통 간에는 연결성이 있고, 방향성이 확대되기 때문이다. 아이디어 원리란 뜻하지 않은 방향성에서 새로운 문제 해결이나 아이디어가 생성한다.

5-9. 실패, 실수, 오염으로부터

"끝없이 다양한 실수, 실패, 오염은 다른 패러다임을 형성하게 한다."

이 패러다임 속에서 새로운 아이디어가 잉태한다. 또한, 잘못된 정보, 진실하지 않은 정보는 추구하는 방향을 바꾸고, 새로운 창의적 아이디어를 잉태하기도 한다.

진실과 거짓 또는 잘못된 정보의 비율이 80:20 비율로 되었을 때 20%의 오염된 정보는 인간이 다른 차원의 생각을 떠올리게 하고, 다른 약한 연결 가능성을 만든다고 한다. 그런 약한 연결성이 혁신적 아이디어를 발견하게 한다. 옳다는 것과 진실의 정보에 오염된 정보가 약한 연결함으로써 다양한 방향성을 열어 주기에 새로운 혁신적 아이디어를 만들어 낼 수 있는 것이다.

1928년 플레밍(Alexander Fleming) 박사는 인플루엔자 연구를 위해 접시에 배양하던 포도상구균이 우연히 곰팡이에 의해 죽은 것을 봤다. 이를 흥미롭게 여겨 본래의 연구를 뒤로하고 곰팡이 균을 연구한 끝에 항생제인 페니실린을 발견했다.

비즈니스 분야에서 가장 유명한 행운은 3M이 개발한 포스트잇(Post-it)이다. 어디에도 쉽게 붙였다 뗄 수 있는 포스트잇은 얄궂게도 강력 접착제를 만드는 과정에서 나왔다. 의도와 반대로 접착력이 매우 약한 물질이 만들어진 것으로 실험이 실패한 것이다. 그러나 다른 부서의 엔지니어인 프라이(Art Fry)가 버리지 않고 새로운 제품을 개발하는 데 활용했다.

아이디어가 실패했다고 절대 좌절하지 말자. 미흡한 실패작도 써먹을 때가 있다. 필자는 파우더 펌프를 만들기 위해 금형을 만들어 제품을 만들었으나 원래 목적에 사용하지 못했다. 그러나 만들었던 것을 새로운 기능으로 부활시켜 지금은 없어서는 안 되는 고점도 물질 이송용으로 사용하고 있다. 쓰임새를 찾다 보면 실패작도 훌륭한 도구로 사용된다.

실패를 거듭하다가 실패로부터 새로운 아이디어가 떠올랐다. 비슷한 원리이긴 하지만 새로운 다른 방법으로 접근을 시도할 수 있었다. 결국, 실패로 인해 새로운 개념을 생각해 낼 수 있었다. 그것이 파우더 정량 펌프다. 세계적으로 없는 제품을 만들게 된 것이다. 실패로 인해 새로운 아이디어가 생겨났고, 실패한 분말 펌프용 부품은 또 다른 용도로 사용할 수 있다는 것을 깨달았고, 이것이 또 다른 발명이 원천이 된 것이다. 실패한 부품을 고점도 액체 이송용으로 사용되는 중요한 부품으로 변신을 하게 되었다.

필자의 발명품 중에도 실패한 부품을 효과적으로 활용하는 방법을 찾아서 지금은 잘 활용하고 있다. 또 하나의 실패작은 색소폰 마우스피스 개발할 때 처음은 실패했다. 홈의 간격이나 깊이가 모호하다 보니 음이 이탈되었고, 사용하기가 어려웠다. 그래도 거기에 개선점을 찾고자 한 것이 바로 코팅 기술이고, 음악 이론의 바람의 세기와 홈의 넓이 등을 활용해야 했다.

결국, 실패로부터 새로운 아이디어를 떠올리게 되었고, 개선을 통해 완벽한 색소폰 마우스피스를 만들 수 있었다. 또한, 코팅이 떨어져 나가서 음색이 이상하여 보수하는 과정에서 실수로 농도를 맞추지 못한 생태로 코팅을 했고, 테스트해 보니 음색이 훨씬 뛰어난 소리를 찾아낼 수 있었다. 따라서 실수와 실패로부터 새로운 것을 터득하고 개선할 수 있었다.

대용량 분말 펌프를 만드는 과정에서 필자는 4번의 실패를 경험했다. 모터 힘에 의해 꼬이면서 이송을 할 수 없게 되었고, 또 하나는 분말 투입구의 장치를 만들어야 하는데 여러 기술을 접목했지만 실패했다. 실패 원인을 찾고 보완하고를 여러 번 반복한 끝에 가장 단순한 원리를 찾을 수 있었고, 지금은 완벽한 제품을 만드는 데 성공했다. 국내에서는 부품을 만들 수 없어 해외에서 실험을 거쳐 부품을 조달할 수 있게 되었다. 실패로부터 더 완벽한 기술을 습득할 수 있는 것이다. 그것이 아이디어 기본이다.

모든 자신의 미래를 해결할 수 있는 것이 아이디어다. 누구든 아이디어만 있다면 정부의 지원을 얼마든지 받을 수 있는 길이 열려 있다. 가루Sol 청년 창업자는 광명시에서 3천만 원을 지원받아 시제품 제작과 마케팅까지 수행한 케이스이며, 앞으로도 응용 제품으로 정부 지원 제도에 지원하여 더 많은 제품을 생산하게 될 것이다.

5-10. 브리콜라주 및 또
다른 유용성으로부터

〈브리콜라주란 무엇인가?[3]〉라는 글에 의하면, 브리콜라주는 클로드 레비 스트로스가 《야생의 사고(The Savage Mind)》에서 사용한 문화 용어이다. 손재주라고도 한다. 'Bricolage(브리콜라주)'는 원래 프랑스어로 '여러 가지 일에 손대기' 또는 '수리'라는 사전적 의미를 지닌 말이다.

브리콜레(Bricoler)라는 동사는 고어로는 공놀이, 구슬놀이, 사냥, 승마술에 쓰였다. 대부분 공이 튕겨서 돌아온다든가, 개가 길을 잃는다든가, 말이 장애물을 피하기 위해 직선에서 벗어나는 등의 우발적인 움직임을 가리킨다. 오늘날 브리콜뢰르(Bricoleur)는 아무것이나 주어진 도구를 써서 자기 손으로 무엇을 만드는 사람을 장인에 대비해서 가리키는 말이다.

브리콜뢰르는 자연스럽게 그가 이전에 산출한 물건들의 잉여분을 가지고 변통하는 법을 배우게 되며, 그 결과 종전의 목적이 이제는 수단의 역할을 하게 되는 것이다. 발명에서는 전혀 다른 분야의 도구를 이용 또는 사용해서 문제를 해결하는 것이다.

첫 번째로 필자의 발명 중에 색소폰 마우스피스가 있다.
약간은 다른 것 같지만 다른 분야의 원리를 색소폰 마우스피스에 적용했다는 면에서 다른 도구의 원리를 가져다 적용하여 전혀 다른 분야의 아이디어

---

3) Https://m.blog.naver.com/sonwj823/221240045631

로 만들어 낸 것이기에 같은 부류의 예로 설명해 볼 수 있다.

2016년 4월, 색소폰 동호회에서 마우스피스 여행을 해야 좋은 소리를 찾는다는 이야기가 동호회원들 간에 이구동성으로 들려오기 시작했다. 색소폰을 배운 지 7년 정도 되는 무렵이었다. 동호회 회원들은 마우스피스를 구매하고자 했는데, 다들 외국 제품만 선호했다. 하나같이 외국 제품을 구매하여 연주를 해 보기도 하고, 서로 악기를 바꾸어 연주해 보기도 했다. 어느 날 너무 감미로운 색소폰 소리가 들려왔다. 지금 생각해 뵈도 나를 황홀경에 빠지도록 만든 소리라고 생각한다. 바로 수제로 만든 아주 오래된 악기에 옛날 연주자가 개발한 마우스피스로 연주하는 색소폰 소리였다.

현대의 악기로는 도저히 흉내 낼 수 없는 아름다운 소리였기에 '나도 저런 피스를 만들어 보면 어떨까?'하고 혼자 오기를 내어 보기 시작했다.

그때부터 마우스피스를 만들기로 결심하고, 소리를 발성하는 원리가 뭘까 고민했다. 싼 플라스틱 피스를 몇 개 사다가 필자만의 생각으로 마우스피스를 개조해 보기 시작했다. 그러던 어느 날, 운전 중에 노래하는 도로를 지날 때였다. "따르릉 따르릉 비켜 가세요. 자전거가 나갑니다, 따르르르릉…." 너무나 귀에 익숙한 멜로디 선율이 들려왔다. 필자는 그 멜로디의 원리가 무엇인지 무척 궁금했고, 원리를 찾기 위해 인터넷을 검색하기 시작했다. 그리고 음악 이론과 맞는 방법을 찾고자 했다.

그렇게 찾아낸 노래하는 도로 원리와 색소폰 마우스피스의 원리를 접목하기 시작했다. 또한, 여러 가지 실험도 직접 해 보았다. 필자는 여러 방법으로 마우스피스에 홈을 파고 음색을 실험했고, 색소폰 동호회 회원들에게 음색을 평가해 달라는 설문지를 만들어 평가하기 시작했다. 처음에는 저렴한 마우스피스를 사서 여러 가지 방법으로 홈을 파고 홈의 넓이와 깊이를 달리해 가며 음색을 평가했다. 그리고 평가 결과를 토대로 음색의 방향을 찾아냈다.

업그레이드를 위해 이번에는 메탈(동)로 만든 마우스피스를 구매해 동일한 방법으로 음색을 평가해 보기로 했다. 그러나 메탈의 경우 금속이기 때문에 쇳소리가 난다는 단점을 알게 되었고, 난관에 직면해야 했다. 어려운 숙제였다. 쇳소리를 없앨 방법을 찾아야만 했다. 그러던 중 필자가 팔고 있는 제품과 관련하여 어떤 소비자로부터 문의 전화를 받게 되었다. 필자는 그 소비자와 대화를 하다가 그간 몰랐던 물질의 특성에 관한 정보를 알게 되었다. 그래서 그 물질을 이용해 쇳소리를 없애 보고자 코팅제를 만들어 코팅을 해 보고 적용해 보니 효과가 있었다.

그러나 또 하나의 숙제가 남아 있었다. 바로 코팅의 두께와 농도 문제였다. 필자는 실험을 계속 해 보면서 적당한 농도를 찾아냈고 이를 적용했다. 이와 같은 실험과 시행착오를 거치며 오랜 시간 발명에 매달렸다. 그리고 마침내 필자의 손으로 시제품을 만들어 낼 수 있었다.

주위의 몇몇 동호회원들에게 직접 만든 시제품 마우스피스를 나누어 주거나, 원가로 주기도 했다. 시제품이 완성된 이후 2016년 11월, 필자는 통상 촉진단 단원 자격으로 동유럽과 오스트리아를 방문하게 되었다.

오스트리아에서 제법 규모가 큰 관현악기 상점을 방문할 기회가 있었는데, 그곳 관계자에게 마우스피스를 보여 주며 이렇게 말했다. "제가 한국에서 개발한 마우스피스인데, 실례가 안 된다면 시연을 좀 해 주시겠습니까?" 필자의 말을 들은 관계자는 흔쾌히 허락해 주었고, 그 자리에서 시연을 볼 수 있었다. 그리고 만족스러운 결과를 얻게 되었다. 시연을 허락했던 관계자가 직접 만든 마우스피스를 수입할 수 있는지 묻는 등 큰 관심을 보여 주었기 때문이다.

결과적으로 오스트리아에서 필자가 만든 마우스피스의 제품 평가가 있었지만, 귀국 후 제품을 만들지는 못했다. 샘플로 만든 시제품들은 테스트의 목적으로 국내 동호회 회원들에게 원가로 팔았다. 처음 필자가 만든 마우스피스의 양은 달랑 30개였는데, 테스트를 목적으로 판매했던 것이 계속 만들어 달라는 문의와 의뢰가 들어오기 시작했다. 그저 취미로 시작해서 만들어 본 시제품이었으나 판매 제품의 주역이 된 셈이었다.

또한, 어느 날, 필자가 사용하던 마우스피스의 코팅이 떨어져 나가 보수를 하고자 코팅을 다시 하면서 새로운 사실을 알게 되었다. 더욱 완벽한 소리를 얻을 수 있는 코팅의 노하우를 우연히 발견하게 된 것이다. 세계 어느 나라, 어느 회사에서도 마우스피스의 내부 구조 중에서 바닥 부분을 건드린 제품은 없었다.

필자는 파괴적인 혁신을 통해 완벽한 마우스피스를 만드는 기술을 깨닫게 되었다. 필자는 대한민국뿐 아니라 세계 어느 시장에서도 찾아볼 수 없는 전무후무한 세계 유일의 피스를 만들었다는 자부심을 느낀다. 아무도 시도할 수 없는 영역을 파괴하고, 파괴적 혁신을 통해 새로운 영역을 구축하여 새로운 피스를 만들었다는 자부심이 심장을 뛰게 만든다.

지금은 수입 제품 중 동호인들이 가장 많이 사용하는 피스의 단점을 보완한 제품으로 인지되었고, 수입 대체 효과와 함께 수입 제품보다 더 좋다는 호평을 받고 있다. 현재는 더 업그레이드되고 음색의 안정감을 줄 수 있는 또 다른 제품을 개발했다.

발명이란 우리의 일상생활에서 관심을 가지고 'Why'라는 의문과 원리를 이해하고 융합, 실험하는 과정에서 **우연한 발견**(Serendifity)이 된다. 세심한 관찰력으로 사물을 바라보면 누구든 일상생활 속, 자신이 관심을 가진 분야에서 무엇인가를 발견할 수 있다고 믿는다. 단, 현대 철학에서 이야기하듯이 편견을 버려야 한다.

경계면에 서서 바라보아야만 생각의 폭이 넓어지고, 파괴적 혁신이 발휘되며, 다른 각도에서 사물을 볼 수 있다. 현재 이 제품은 판매되고 있고, 많은 동호회원들의 사랑을 받고 있다. **아이디어는 자신의 든든한 백이다.**

오스트리아 악기점에서   한국발명특허진흥원 수기 당선작

〈특허청 주관 한국발명진흥원에서 발간된 필자의 수기 내용입니다.〉

왼쪽 사진부터 Facebook에 올라온 평가(미국), 오스트리아에 평가를 위해 방문, 특허청 산하 한국발명진흥원에서 발명 수기에 일반인으로는 유일하게 당선 2020년 2월에 출판되었다.

두 번째 예로는 인큐베이터다.

후진국에는 열악한 환경으로 현대적 인큐베이터를 만들 수 없는 환경이었다. 많은 아이들을 살려야만 했다. 보스턴의 의사 조나단 로젠(Jonathan Rosen)은 후진국의 시골에서도 자동차를 고쳐 쓴다는 것에서 착안하여 자동차의 부품들 즉, 전조등(온기 공급), 계기판 환풍기(공기 순환 역할), 초인종(경보음), 개조한 라디에이터나 오토바이 배터리(전원)를 이용하여 현지의 자동차 수리 기술로 인큐베이터를 만들 수 있었다. 이 인큐베이터가 바로 주위의 도구들을 이용해 전혀 새로운 것을 만든 발명이었다.

세 번째 예로는 요하네스 구텐베르크(Johannese Gutenberg)의 인쇄기다.

그는 낱낱으로 이루어진 각각의 활자, 잉크, 종이 등은 이미 아주 오래전에 발달되어 왔던 도구들이다. 이러한 것들을 이용해 전혀 다른 인쇄기를 발명했고 성경을 대량으로 찍어 낼 수 있었다.

또 다른 유용성

《탁월한 아이디어는 어디서 오는가》라는 책에 의하면 즉, 하나의 개체에서 원래의 용도 이외의 용도로 활용된다는 이론이 바로 Exaptation이다. 처음 이 이름을 제안한 사람은 굴드와엘리자베스 브르바(Elisabeth Vrba)이다. 그 둘은 하나의 유기체가 특정 용도로 사용되다 그 특정 용도가 전혀 다른 용도로 이용되는 것을 굴절 작용이라 한다.

필자는 굴절 작용이라 해석하지 않고 **또 다른 유용성**이라 표현하고자 한다.

백악기 시대 공룡은 추위를 견디기 위해 깃털을 갖게 되었다. 이 깃털은 또 다른 용도로서 날 수 있는 날개로 진화한 것이다. 시조새의 날개가 처음에는 온기에 적응하도록 사용되다. 이것이 날기 위해 또 다른 유용성으로 작용한 사례다.

또 다른 예로 어둠을 밝히기 위해 성냥을 켰는데 방안에 난로가 있어 장작불을 지피는 용도로 쓰이는 것이 또 다른 유용성이다. 또 촛불을 켜서 어둠을 밝히고자 했는데 겨울 비닐하우스의 난방용으로 용도가 바뀌는 것을 또 다른 용도로 사용된다.

아서 쾨슬러는 "과학적 사고에서 모든 결정적인 사건들은 서로 다른 분야들 사이의 정신적 교차 수정의 관점에서 묘사할 수 있다."라고 《창조 행위》에서 주장했다. 즉, 한 가지 개념이 비유적으로 다른 개념으로의 전이로 보이지 않던 비밀이 열리는 것이다. 비유적 개념으로 DNA의 이중나사 구조를 발견한 생물학자인 프란시스 크릭은 그의 회고록에서 석고 반죽의 자국이 마른 후 복제품을 만들 수 있다는 틀로 이용된다는 것을 떠올려서 DNA 복제가 가능했다고 했다.

필자가 발명한 분말 펌프도 **또 다른 유용성**을 활용한 것으로 분말 이송 및 토출의 용도로 개발된 부품이 고점도 액체 이송용으로 용도가 바뀌어 사용되는 것과 찌꺼기가 많은 폐기름 이송용으로 사용하는 것들이 바로 또 다른 용도로 사용된다는 예일 것이다.

또 하나는 노래하는 도로 원리를 새로운 목적에 응용한 사례로 색소폰 마우스피스에 적용하여 색소폰 마우스피스를 개발한 것도 같은 맥락의 또 다른 용도로 원리가 적용된 예이다. 생활 속 도구들의 다양한 용도를 응용함으로써 돈이 되는 아이디어를 도시 속에서 얼마든지 발견할 수 있다.

5-11. 자연을 이해하고 탐구하라

자연 속에는 무궁무진한 아이디어 도구들이 존재한다. 자연은 가장 큰 아이디어 플랫폼이다. 4차 혁명 시대에 센서 산업은 매우 중요한 비중을 차지한다. 자연의 감각을 활용한 센서의 개발이 선진국에서는 매우 활발하게 진행되고 있다. 식물, 곤충, 동물의 다양한 감각 기관은 가장 좋은 센서의 아이템이 된다. 이처럼 자연의 도구는 의약품, 화학에 이르기까지 다양한 아이템을 제공한다.

최근 노르웨이에서는 식물을 활용한 전기 공장을 건설하고 있다. 식물의 뿌리에서 양극과 음극의 전기가 발생한다는 것이다. 이 원리는 식물의 뿌리와 토양의 박테리아에서 전자를 주고받으며 양극과 음극이 생성되어 식물을 활용한 전기 생산이 가능하고 또한, 자연에서 얻는 아이디어인 것이다. 더 나아가 생각하면 쌀을 생산하면서 동시에 전기를 생산한다는 것이다.

필자는 매일 아침 광명동굴을 올라가는 산책로를 걸으며 자연을 소재로 다양한 아이디어를 생각하곤 했다. '어디에 관심을 갖고 무엇에 적용해 볼까'를 생각하면 자연 속에서 많은 아이디어 소재를 발굴할 수 있다. 자연을 소재로 한 필자의 아이디어 경험을 소개해 볼까 한다.

그중 하나는 눈이 수북이 쌓인 어느 겨울 아침 여느 때와 같이 필자는 산책로를 향했다. 평소와 같이 광명동굴을 올라가고 있는데 마침 길에 아무도 발자국을 남기지 않은 언덕길을 발견했다. 핸드폰을 들고 두 컷의 사진을 찍었다. 하나는 발자국이 전혀 없는 사진 또 하나는 한 명의 발자국이 선명한 눈길의 사진이었다. 당시 인성 강의를 준비하던 시기였고, 아이디어로 PPT를 만들어 볼까 고민하고 있던 때였다.

이 두 장의 사진을 비교해서 학생들의 진로에 대한 표현하고자 사진을 이용하겠다는 아이디어가 순간적으로 떠올랐다. 바로 발명가의 길 또는 자신의 진로의 길을 비유하는 두 장의 사진이다.

-아무런 발자국이 없는 길
-누군가의 발자국이 있는 길

전자는 발명가의 길이거나 아무도 개척하지 않은 길이고, 후자는 누군가 지나간 길, 개척한 길이다. 우리는 어느 길로 삶을 살아가야 할까를 Question으로 학생들에게 질문을 던진다.

첫 번째 길은 위험이 도사리고 있다. 눈 속에 뭐가 도사리고 있는지 걷지 않으면 모른다. 이렇듯 인생에 모험이 필요한 길이 있는가 하면, 두 번째 길은 누군가가 개척한 길이다. 더 안전한 길이다. 여기에는 두 갈래가 있다. 하나는 누군가에 의해 개척한 길을 가다가 새로운 길을 스스로 개척하는 길, 또 하나는 끝까지 개척한 길을 가는 것이다.

우리는 어느 길을 선택할지에 대해 자신의 능력과 자질을 파악하여 길을 선택해야 한다는 내용의 두 개의 사진을 PPT 강의록을 만든 적이 있다. 단지 두 장의 사진이 담고 있는 콘텐츠는 아주 많다. 이러한 사진으로 강의를 하는 사람은 얼마든지 이야기를 엮어 나갈 수 있다. 이것이 곧 아이디어다. 실제로 ○○중학교에서 진로 강의에 이 두 사진을 학생들에게 활용하였다.

아이디어는 우리 주변에 다양한 형태로 있는 자연을 아이디어 도구로 많은 것을 생각할 수 있다. 그 도구들을 **상호 연결 가능성**을 판단하여 이용하면 그것이 아이디어다.

진로에 대해 교육할 때 누구보다도 참신한 아이디어로 나만의 콘텐츠를 만들 수 있다는 것은 바로 자연을 이해하고, 자연을 사용한 것이다. 그것이 아이디어인 것이다. 필자가 이 분야의 전문 강사라면 돈 되는 아이디어가 되는 자신만의 지식 재산이 되는 것이다. 실제로 이 아이디어는 매일 아침 광명동굴을 오갈 때 순간적인 아이디어 발상이 떠올라서 핸드폰으로 사진을 찍어 작업한 것이다. 단지 아침 산책길에 만난 아이디어였던 것이다.

이것 외에 두 가지 자연으로 얻은 교육에 관한 아이디어를 아침 산책길에 만들어 낸 것이 있다. 그중 하나가 아침 산책길에 하늘소를 보았고, 하늘소를 필자의 손바닥에 올려놓았다. 이 하늘소는 너무 많은 것을 먹어서인지 손가락 끝으로 정상을 향해 기어올랐음에도 날개를 폈지만 날 수 없었다. 필자는 이것을 보고 부패한 정치인들이 생각났다. 부패한 정치인들이 많이 부패하면 꼭대기에서 더 이상 갈 길이 없어 날개를 펴보려 하지만 너무 많은 부패를 저질러 그 죄가 무거워 더 이상 날개를 펼 수 없고, 추락한다는 생각을 했다. 자연현상을 비유적으로 콘텐츠를 만드는 단순한 아이디어였다. 필자가 인성 강사라면 써먹을 수 있는 아이디어인 것이다.

144

또 하나의 아이디어는 광명동굴 기는 산책로를 지나다 보면 많은 참나무들이 있다. 참나무는 24시간 산소를 배출해 주고, 동물들에게 열매로 먹이를 제공하고, 인간에게 도토리묵이라는 선물을 주고, 그 잎은 고엽제 해독이나 농약 해독에 좋다. 또한, 뿌리는 산사태를 방지하고 튼튼한 버팀목으로도 좋고, 요즘 지속가능한 발전에서 이야기하는 이산화탄소를 1ha당 14t을 소비해 주고, 죽어서는 숯으로 탁월한 성능을 발휘한다. 이처럼 참나무는 모든 영역에서 이로움을 주는 참 고마운 나무다.

이를 빗대어 필자는 인성 교육의 끝 페이지에 참나무를 그려놓고 참나무 같은 사람이 되라고 역설한다. 모든 영역에서 이로움을 주는 나무처럼 사회에서 쓸모 있는 그런 사람이 되라고 한다. 단순한 내용이지만 강사에게는 참으로 참신한 아이디어로 강의를 할 수 있는 것이다. 위의 이야기의 사진 3장만 있다면 인성 강의를 1시간은 할 수 있을 정도다.

우리 주변의 자연을 이해하고 자연을 알면 자연으로부터 많은 아이디어가 쏟아져 나온다. 자연은 치료제도 되고, 재앙을 막아 주는 역할도 하고, 힐링을 제공할뿐더러 많은 아이디어 도구로 활용될 수 있다. 앞에서 설명했듯이 산책은 창의성을 60% 더 증가시켜 준다고 했다. 자연을 벗 삼아 산책을 해도 창의적 아이디어가 자연으로부터 얼마든지 나올 수 있다는 것을 위 예에서 보았듯이 누구든지 좋은 아이디어를 발산할 수 있는 것이다.

5-12. 지식 재산을 만들어라

아이디어를 발견하고 검토가 끝나면 프로토타입을 만들 것을 권고한다. 프로토타입을 만들어 보면 개선점과 수정할 부분을 발견하게 된다. 이러한 아이디어의 개선은 완벽한 아이디어 제품을 만드는 지름길이다. 프로토타입을 기초로 해서 디자인특허, 실용신안특허. 발명특허를 낼 수 있다. 빠른 특허는 비용이 조금 비싸고, 3개월 안에 등록할 수 있다. 일반특허는 1년 정도 소요된다.

특허 출원 시 변리사와 기술에 대한 상담을 하여 선행 기술조사가 이루어지고 특허 출원이 가능하도록 토의를 하는 것이 바람직하다.

특허출원증을 받게 되면 시, 도 지자체와 정부의 사업 지원제도를 찾아보고 확인하여 사업 지원을 신청하는 데 유리하다. 시제품 제작부터 금형 지원까지 다양한 청년 창업 지원 또는 시니어 창업지원금 등을 신청할 수 있다.

이러한 지원 제도를 활용하여 완벽한 모델의 제품을 완성할 수 있다. 또한, 창업 경연 대회가 매년 있으며, K-Start up, 지자체 청년 창업, 시니어 창업, 정주영 창업 경연 대회, KT·현대·삼성 등 다양한 업체의 창업 경연 대회도 있다. 청년 창업의 경우 창업 사관학교 등 다양한 제도에 참여하여 지원을 받아 창업할 수 있는 제도들이 많이 있다. 또한, 사회적 기업 육성 사업, 협동조합, 가치 중심의 사업 형태도 지원이 가능하다. 지자체에서 시행하는 마을기업, 주민자치센터 마을 사업, 일자리 창출 관련 사업, 환경 관련 사업 등 다양한 루트를 적극적으로 활용할 수 있다. 이러한 제도에 앞서 특허출원증을 취득해야 우선권이 주어지고, 대외적 기술을 입증하는 자료로 활용된다.

돈 되는 아이디어는 활용을 얼마든지 가능하고, 기술을 판매할 수도 있다. 매일경제 Luxmen 제10호(2011년 07월) 기사 내용 중에 아이디어의 상업화가 이루어진 두 가지 방식이 있다고 소개한다.

첫째는 직접 사업화(제품화)해 수익을 창출하는 것이다. 둘째는 아이디어가 필요한 기업과 거래해 수익을 창출하는 것이다.

보통 시장 규모가 작다면 직접 사업화를 하고, 시장 규모가 크고 개인이 직접 사업하기 힘든 분야는 거래를 한다. 아이디어로 글로벌 기업이 된 회사로는 일본의 니치아 화학공업사이다. 이 회사의 연구원 나카무라는 1990년대 중반 청색 LED를 개발하여. 전자 분야에서 중시되는 LED(발광다이오드)는 신호등, 컴퓨터, 가전제품 등의 정보와 동작 표시를 위한 램프에 사용되어 매출에 지대한 영향을 주었다.

매일 생활 속에는 무수한 아이디어 소재가 있고, 그 소재를 끄집어내어 다양한 방법으로 연결을 하고, 생각하여 새로운 것을 창조해 낸다면 다양한 루트의 지원 제도나 기술 판매까지 가능하다. 일상생활의 불평, 불만, 소비자 니즈(Needs) 등에 귀를 기울이면 돈 되는 아이디어가 보인다. 항상 아이디어를 메모하고, 발전시켜나갈 수 있도록 노력한다면 적금을 타는 것과 같은 든든한 지적 재산을 가질 수 있다.

소싯적 놀이가 아이디어 보석상자

1판 1쇄 발행 2023년 2월 24일

저자 박종환

교정 윤혜원 **편집** 김다인 **마케팅** 이진선
펴낸곳 (주)하움출판사 **펴낸이** 문현광

이메일 haum1000@naver.com **홈페이지** haum.kr
블로그 blog.naver.com/haum1000 **인스타그램** @haum1007

ISBN 979-11-6440-302-8(03810)

좋은 책을 만들겠습니다.
하움출판사는 독자 여러분의 의견에 항상 귀 기울이고 있습니다.
파본은 구입처에서 교환해 드립니다.